時報出版

掌中集

微小品・一葉書

林文義

掌中集　目次

〈序詩〉時光刺繡

席慕蓉

——任何時空·詩都是絕望的。　林文義

然則　於我而言
詩　是一切的完成

是年少時何等珍貴的撫慰與魅惑
是不斷去又復返的　輕聲召喚
是生命　從那不曾自覺的逗留到固守
是此刻才逐漸呈現　如你所見
一幅　色澤斑斕
古老華年的時光刺繡

是今夜燈下　給你寫這幾行字時的澄澈無求
當然疼痛總是在的

任何時空　詩成之後才襲來的那種悲傷
一如那些細碎的波光　閃亮
從遙不可及的遠方
總是會讓我微微地恍惚回眸

〈序〉比利林恩的中場戰事

張瑞芬（逢甲大學中文系教授）

寫這篇文章時適逢二〇一九國慶，操心小英的論文、諾貝爾文學獎和反送中少女之死，理所當然的擠不出半個字來，赫然見到十月《文訊》上向陽寫八〇年代他與林文義、羊子喬同在《自立晚報》時的歷歷往事，突然間明白了一些從來不曾明白的事。文壇近年兩個寫之不盡，出版不輟，明顯ＰＤＳＴ（創傷後壓力症候群）的老人家。陳芳明是一遍又一遍的雪地回音，林文義則是「換個姿勢，再來一次」，用文學的不同形式，層層包裹著那一直想要喊出來的決心。這《掌中集》比手記更輕，完全是一根雪白鵝毛飄落地面的無言書啊！

在向陽悼念好友羊子喬時，同時提到許多當年的風起雲湧。原來林文義當年進入自立報系還是以漫畫家身分進去的。一九九〇—一九九四短短四年林文義出任本土報系自立晚報副刊主編，與文壇、黨外、綠營與台南鹽分地帶文學營結下不解之緣。一九九四年自立報系易手，林文義編輯事業告終，任施明德辦公室主任再四年，收穫了一生最大的心靈領悟。之後名嘴生涯四年，連最後一點對政治的熱誠也打了包。二〇〇五急流勇退（真正的裸退），回家專職寫作，他的散文從此再也不能簡單和耽美或寫實畫上等號，進入了一個可能大好或大壞的未知旅途。

正如《甄嬛傳》裡皇后（烏拉那拉氏）說的：「知道太多的人，總是不長命的」。那個知道國王有一對驢耳朵的理髮師，只想對樹洞大聲喊出心中的秘密。於是，林文義十幾年間像刺破胸膛的夜鶯，以血書寫，且備受關注，頻獲大獎。他完成深情的《歡愛》、大散文《遺事八帖》、小手記《歲時紀》，精緻的《夜梟》、日常的《二〇一七私語錄》、沉鬱的《酒的遠方》和這本微型山水《掌中集》。《掌中集》封面中木質桌面發著溫潤的光，窗外雪地枯枝，室內一燈煢然。六十六歲，寫作五十年，心在天山，身老滄洲。體系解散了，像鐵達尼號沈船後的破片，漂浮在冰海上。時光漫漶，唯有真實。

友達以上，三百未滿。圓石加禪悟，不到三百字，簡到不能再簡的枯山水，配上絕美風景，做書籤正好。這種篇幅看似信手抒感，卻也是許多夜晚自焚其稿的孑遺，許多文字在那個陳列送的花蓮大理石菸灰缸裡，毀得乾乾淨淨。這龜毛之人平日看似嘴碎，回到寫作，便像上場打擊的彭政閔般專注凌厲，那種意志，從昔日編輯台貫穿至今，不曾鬆懈。大選前夕整裝避秦躲到京都，厭惡檯面上政客的虛偽，一輩子看紙本書，用鋼筆書寫，至今還用老派報人那種四百字稿紙（哪兒買啊這玩意兒？簡直黥面國寶，你若去搜隱地的抽屜，說不定也還有那麼一落）。老派報人之必要，一點點不甘心之必要，我特愛看他寫病中的維菁和東海門前掃落葉的鄭愁予，席慕蓉、林彧與向陽，甚至追追追的黃妃帶他去旗津吃海鮮。《掌中集》還有蔡英文和沈富雄，以及十字路口的白頭將軍（〈停滯一老人〉到底講誰，簡直想破我腦袋）。

真心素樸，早無須矯飾了。林文義形容葉石濤的《蝴蝶巷春夢》是晚年佳作：「人與獸的分野，不必道德偽飾」，「性最真實，愛反而不確定」。最好的東西，總是只可自怡悅，不堪持贈君。《掌中集》是林文義的小散文，尺素書，也是一個憤老的旅夜書懷，對影三人。像一杯睡前酒，杯中殘存一點餘光，苦味早已順喉而下，話還沒說完，但也不用說了。篇題晶瑩可愛——〈微曦〉、〈茶笛〉、〈歲斑〉、〈貓繪〉、〈匕首〉、〈對畫〉、〈北之螢〉、〈雪金澤〉……。要論耐人尋味，〈暖房〉中見到孫兒酣睡容顏，想起女兒幼時；〈辨識〉寫一枚久遠的記者證；〈北之螢〉寫日本電影岩下志麻的雪夜歡愛；〈Independence〉談自立晚報理想淪亡；〈蕈狀雲〉談廣島核爆之一天；〈勞改營〉是陳列的綠島小夜曲；〈媚俗〉以嚴凱泰對比作家之死。情理兼美，都好極了。

遠方有戰爭，我們遙遙對望。霜降未至，夜露已深。「據說，冬時流冰北漂而來，霧深雪重；熊冬眠，狐隱匿，魚深潛……夜星的光更閃著冷冽」。世人總無法理解，為何我還是要回到戰場上？林文義猶如李安電影中的青春美少年，內心已然重災崩毀，偶爾還自我懷疑（出版何為？），但他的筆可不會停。這不會是比利林恩的終場戰事，頂多只是被爆破聲響刺傷的驚悸而已。《掌中集》雪落無聲，就是這樣的停歇勝景。

二〇一九年十月十二日

卷一　海色如此幽藍

時間

怯然於時間，似乎只是等候歸零。

欲言又止……？其實是不知所措，若有似無的朦昧時而，彷彿在迷霧中無方向的茫惑行走，猶若馬奎斯小說所寫：力尋出路的馬康多住民，竟然在漫漫莽林深處，驚見一艘西班牙大帆船……。

不止是文學，其實是：歷史記憶。漫長的時間流洄，歷史不屬於人民，哀傷的事實是由統治者論定。為了鞏固既得利益的政權，變造以及纂改、增添、刪減；不必懺悔或省思，更不須諍論：道德，不道德……。

寧願在一夜再一夜，如死深寂的眠夢裡，回到童年時代，最初那誠實、羞怯的小孩，默默無言勝有聲……母親呼叫你的名字——洗澡啦，吃飯啦，那一刻時間，最真摯。

逝水

小鎮和小鎮交界的：療養院。

看見一雙全然絕望的眼神，自我放棄的無助，他用文字替代語言，是求救於生命或則是：抗議？氣切之後必須兩天一次的洗腎以及日以繼夜的進行抽痰動作，非常辛苦。

逝去的，是曾經化真情熱愛的青春記憶；近時朦朧，從前明晰，彷彿鏡子的水銀層逐漸剝落，黑蚊般飛舞在夜難眠的眼角膜，忐忑不安，心思零亂，還活著嗎？

水聲瀺瀺……百尺之外是原鄉的河流，放過元宵水燈以及紙船的青春年歲，那笑盈盈的美少女在石橋那端向他挪近，手持一朵百合花。……艱難的以筆著紙寫下幾個字——妻子來了嗎？曾經，他也是美少年呢。

航路

味吉爾詩歌……久遠的一本書，怎會是在夜間越洋飛行中想起？字句都遺忘了，反而清晰的是佐以文字的石版畫插圖，比《聖經》還永恆。

吟遊者走過古代的街道，穿越黑死病以及呻吟、呼救的人群之間，天堂是謊言，地獄才是真實的人間。那是多麼遙遠的塵世印記，烙鐵般地痛楚以及最嚴寒的冬天和飢餓。

大地在三萬尺之下，旅人在夜雲之上，幽暗不見星不見月，借一杯酒祈入眠深睡；短暫的被禁錮者，此時與自我最接近，喃喃自語的反覆，其實在苦苦追憶怎麼想不起來，曾經那般嗜讀、吟詠的：味吉爾詩歌？

我，在哪裡啊？茫惑的旅人……。饑餓的渴求填補，竟找不到一本書？

奔馬

追念，是將詩人遺畫掛在牆上。

那是三十年前秋紅時，猶若火焰與冰雪的筆觸記憶，顏彩暈染的特洛伊在希臘千年傳說的：木馬焚城。

半百年華方過，詩歌如戰後的哀悼，繪畫是溫柔和暴烈的掩映，何以憂愁及沉鬱久久不去？總是悲劇的你。

不為傷逝的你再寫追念文字，我一再婉拒邀約，因為往昔早已留帖；文學少年啟蒙由於你，此刻我還是情怯，此時暗夜無邊，凝眼對畫，心也對話……奔馬而來的黑髮男子在後，絕色美女的裸身是你夢中深愛的維娜斯。

奔向：完美主義之境，不存在的烏托邦。就用一生一本書如此印證最強悍的生死抗爭：一九七二《泰瑪手記》、一九九二《方壺漁夫》，他是：沈臨彬。

錦鯉

咖啡座，不變的幾達半世紀是原住民的紋痕黥飾。十六歲，父母親首次帶我進入這臺北市中山北路二段的旅店，一樓進門三十公尺左側：阿眉廳。

父親辭世三十年，母親過了九旬依然健在高壽，古老芳醇的咖啡依然飄香，原味不渝的留下追憶……。

大片落地玻璃窗外的日式庭園，池塘活水的錦鯉，壯碩、沉定的且浮且潛地靜靜看我，我靜靜看它。

請問：魚啊，是第幾代了？魚身白如雪，紅如秋，春時緋櫻，秋節楓葉……彷彿依稀置身在日本情境，如果此時一曲三弦琴，舞伎起舞如蛺蝶；父親臨終前是否為之落淚？如今我苟活過父親亡故的六十三歲再三年了……您見不到垂老的兒子，錦鯉可以為證。

焚稿

作家老友：陳列當年持贈花蓮大理石菸灰缸，近年來成為我焚去敗筆文字的墳場。始料未及的意外最初之用，再一次，第三次……自然形成本能的慣性動作，毫不猶豫，毀之不悔。

所以如同年輕時，彼此不須深談對話的斷絕分手於愛，離訣於婚姻……應該冷靜對坐好好談才是吧？觸怒、不信任、自以為是；想青春朦昧，一廂情願的熱炙情愛，未諳之肉體，迷茫的其實都是自私的己心。

打火機按下，一火如豆亮起，拇指微炙的燙熱，A四大小的稿紙撕半再撕半……寫什麼？為何而寫？怎又重覆從前已然寫過的字句？焚稿自然，事到如今，棄筆一刻，作者蛻身為讀者，不須自艾自憐，嚴厲以求。

微曦

長夜將盡，晨曦乍現一抹微亮。

應該在零時入睡之人，卻自始夜讀到拂曉時分，不捨深眠，假死般地不思不想……早就倦然於習慣說謊的執政者，隱惡揚善，言之恐怕連自我都不相信的：官方說法。一定要這樣嗎？必然要如此。政客不是政治家，他們在野時正義凜然，執政、奪權之後，比納粹法西斯還要法西斯！

天光乍現魚肚白，我兀然無比懼怕了起來，那些從睡中幽幽醒來的政客群落，蝗蟲般地在白晝間強取豪奪，貪婪錢與權，任何顏色都一樣。

寧願是永夜沉眠，天亮之時，群魔亂舞，民主是口號，實質法西斯；這是我們生死以之的島國此刻圖窮匕現的，不知所措……何以多的是：詐騙集團的臺灣？

美麗

靜靜思念：既是夫妻，又是戀人。妳在尋常出國商旅的路上，相信就是熟稔且知心的真正：遇見識貨人。

就是商旅之外，手帕交般地姊妹情誼如是……總在開車送妳去機場的路上，還是一夜未眠的倦而睡去，好好睡吧，親愛的妻子太疲累了；別忘了現實營生之外，理想的文學書寫。

美麗之心，善美之真，就是妳。只有接近書寫的文字、靜讀的書籍，這是最美麗的時刻，就回眸一笑吧！質變到不可想像的新世代乃至於更新年代的人們，我們難以揣臆。

定義：美麗的意義何以？絕非村上春樹名言：「小確幸」，日本小說家是絕望諍言，不真正懂得，如何說起：美麗？睡吧，不思不想最好。

雨音

撥弄琴弦，滴滴達達，低低答答……溼濡悄聲對話，雨水說些什麼？這一時刻，似乎合宜寫詩，十行就好。

抽象是因為忽來一陣雨，如此不確定，住居在杭州西湖畔的中國詩人：葦子用如此巧思的字句寫雨——

雨滴聲使玻璃彎曲。

玻璃因雨而彎曲……？杭州與臺北同時下雨，臨窗觀雨的心境各有相異，文學情境想是靈犀等同。她的錢塘江，我的淡水海岸，文字流洄著歲月心事，一砂一塵世？一花一青春。

低低答答……夜雨，滴滴達達，寫下詩句與自我自問自答；此時彼刻，文字最豐饒，不言孤寂，傾聽雨音。

失格

第五次自殺，終於殉情成功的：太宰治。年輕貌美的女子比這頹廢、無歡的小說家勇敢。

相互以紅繩綁緊雙身的，應該就是女子的纖手，最後一刻決意跳入深河的男子也許剎那間猶想求生？

若一心尋死，何以要引伴同行？一直不解這日本華族的公子哥兒在想些什麼？新世代讀者瘋迷小說：《人間失格》，小說誠實，內心茫惑……究竟是文學人的夢魘或是本能的宿命？

很多年很多年之後，伊藤潤二用漫畫形式解析作家由生到死的心理過程，那般地驚魂懾魄！卡夫卡小說的類似，卻是用了繪筆的深切寫真……還魂再現，輪迴轉生。勇於承認失格，太宰治小說不朽！

藏愛

所以說：不能隨意拉出抽屜、推開壁櫥，那會讓你陷入一時的茫然失措；彷彿身置迷霧中。

是塵封的意外，是忘卻的記憶。幾乎再難想起，曾經如此珍惜，寶愛的小物，許是好友相贈，許是來自天涯海角，旅行時帶回來的紀念品……原來啊原來還存在著，彷如時間停歇的等待。

好像是被遺棄的昔時戀人，剎那入夢而來，幽幽地呼喚著——我啊，一直一直一直守候在這裡，靜靜寂寞。你，無話可說，難以辯白；一顆淚含在驚訝的眼中，晶瑩有若窗外夜星。多久不曾哭泣了，與之沉淪於世俗，好死賴活的生存人間，多麼悲哀。

就用一隻蒙塵的杯子，清洗乾淨而後盛酒，輕聲說：抱歉。好似很久很久的從前，愛在流淚，忘了我。

紅脣

究竟是羞怯還是胭脂，脣如此的，紅？欲言又止，妳是婉約一朵山茶花，內在或許是奔放、狂野的紅牡丹，留在我的文字中……那是最初的約定，最後的宿命。

晚秋之年，若有似無的不思回想初春，可是那兩片紅脣明明示意著曾經有過溫存；少年時斷然無知的凝視，但見那一開一合的脣語說著一分夢幻，九分對未來無垠的祈望。中年時是獸性凌越靈性，愛是情與欲交融的蝕骨銷魂；相知疼惜的彼此許身。

妳無語，我沉醉。一位詩人曾經有過一則絕句——讓我們以手交談。

我試著以文字回憶：紅脣。如果用顏彩描摹，是浮世繪中撩人的性愛高潮或者是，告別時候的話語殘忍？就像櫻花飄落，霧中的緋紅。

祕密

王定國小說：〈訪友未遇〉情節探討到：新婚時丈夫向妻子談及初戀分手的回憶……。我的回憶似乎在拜讀之時也同步記起，多少人曾經如此犯錯；誠實是一種錯嗎？

這是：祕密。最好不要說……。

猶若水中貝殼，那隱藏內裡的軟肉是如何不堪摧折；疼痛在於惜情，坦白，永遠是無意間刺痛了他者……那時，丈夫怎麼說的？剖心告白其實是以為交心得以獲得對方了解，竟天真、愚昧的暴露了祕密。

不該說，那是致命之詭雷、陰影般陷阱，不但傷人更是自傷。

她，一直記得丈夫招供的往事，而後以疏離對待，是一份長久不去的黑暗，他不愛我？其實是她失去對丈夫的信任……妻子沒有過去嗎？只是，隱匿不說。

秋歌

手機留下一段為近時逝去的詩人前輩唱歌的影片——曲詞家：李子恆彈起吉他，唱歌給洛夫師母聽。

那首民歌年代，眾者皆能朗朗上口的：〈秋蟬〉。由原作曲、寫詞的李子恆親身彈唱，別有深切的意涵……。就在旅法的詩人方明詩屋，合唱的則是作家：黃克全夫人王學敏。

聽我把春水叫寒，
看我把綠葉催黃……

哀悼也是安慰。因為是秋天，列席者都近晚秋之年……洛夫師母聽著美麗的歌謠，那茫然的眼神令一旁之我為之心折。是否由然憶起更遠的青春年代，初識時，洛夫老師寫給她的詩？

暖房

嬰兒的孫子，回來時候睡在女兒少女時代的小房間，彷彿夢裡想念他的母親從前的，遙遠記憶……。

女兒出嫁後，總想著將這小房間拆除，我這父親，以後的爺爺會有更為寬闊的客廳和伸延的餐廳空間……沿著長長的牆面擺置書架，那麼多二十年來精挑細選的心愛好書，那是我文字典藏的美麗領域。

時而想著，卻還是不捨的留著這女兒曾經住過的小房間；堆疊著書籍，是我第二個書房，架高的木板上彷如日式和室般地鋪著藺草席片。是啊，女兒帶著孩子回家時，有個小睡、歇息的房間，依然是少女的回眸。

我打開燈，跪坐在輕泛著草香的第二書房裡，總想著嬰兒那時候的她……。

童言

再也寫不出小說了，猶如青春時未忘的愛情糾葛；只是回望昔日的文字，應該留下的都在一冊又一冊的著作中……。並非惋惜，而是今時重讀那些用心寫過的文字，怎會發生那些事？

那是老友：宋澤萊提及我的二十年前，想太多，何不單純一些？這是我再讀第一部長篇小說：《北風之南》之後，真切的感覺……是不是自己前憶不忘，後思朦朧，太真實竟不知所措。

童年回望，反而最純真而清楚。

五十年代，如何定義？主角其實還是又疏離又接近的：母親。二十年前終於以此作題完成首部長篇小說，彷彿是試圖斬斷童年那難以訴說的，無依與孤寂。

因為孤寂，成為一生的文學人。

天使

妳，親愛的妻子，在救贖我嗎？

就隔著一座延綿的丘陵，我在此方，妳在山那端，都相互思念著吧？日以繼夜，哪怕是兩端未眠的靜心書寫，我明白：妳一定思索著終夜未眠的丈夫，依然讀和寫堅持不渝。

救贖我，何以強迫症依然……？

我，一直在浪潮之夜，不知何以，不為一字思索，不因閱讀罣礙；我可以明晰每一本書內含奧義怎般，但就是沉默的難以回應。多麼多麼想不思不想，全然放空的自由。

所以，總深切祈盼：天使降臨的神啟……妳在讀和寫，或者已深眠入睡？各居兩地的夫妻是多麼逸趣的安身立命，我只明白那是妳的體恤貼心，妳是天使。

酒鬼

因為嗜酒，因此成為：鬼。

怕鬼之人，就無須畏懼。用一瓶好酒在前，再獰惡的鬼都會感心。

我睡前慣於小酌，起先是醫師囑咐：一杯酒，通血脈。慢慢地，慢慢地，夜酒成為習性？幾疑醫師好意，是否消極的：誘我成癮？

律則：主流意見總說，喝酒不好，問題是這世間太亂，唯有喝酒迷醉，暫且解憂，還能如何？

悲劇，喜劇……？該抉擇左右？

鬼喝了好酒，再獰惡也變得溫柔，涕淚交織的高歌漫舞，前生是錯謬，死後才明白；何以那時少說真話，隱匿自我的真心？我喝下最後一口酒，扯被入睡，不是醉其實最清醒，一隻酒鬼。

京都

漫行入曲巷，迷路，也在京都。

但看一灣水，都是琵琶湖的支流，白川吧，高瀨川吧，都是美麗的倒影……就去喝一盃咖啡，如何？

於是，千年之後的散步，不必想到平安朝或遣唐使渡海的從前，我從兩千公里外悠然而來，靜謐的由於一個女子衷心之愛，自然自在的：京都。

何如青春時耽美於古代的浮世繪，苦思索引礦砂細細揉碎、攪拌蛋白……異彩如夢中驚豔的華麗與樸拙，老師方從東京武藏野美術大學回來，說的、畫的，反而是巴黎廣場向晚時分，那騎士的雕塑？

反而心服口服，只有心愛的妻子可以深切書寫：京都。我就跟隨妳走，不怕迷路，走到哪裡，都是京都。

紙本

出版社編輯人說：今時印書彷彿古代「版畫」製作，就是典藏藝術品。苦中作樂之引喻，其實就是紙本書籍滯銷的困境，新一代人都尋網路；問題是：尋索網路，他們要讀「純文學」嗎？另類的善意詮釋是：少印一本書就少砍一棵樹……？

我，習慣性的旅行時，隨身背包都帶著一冊紙本書、筆記本。繁複的手機可尋網路資訊，我從未追循，那是一旦進去會成為無路可出的巨大黑洞；被禁制、迷惑的，不自由。

紙本書，在旅行間，翻看閒適；中意珍惜，不苟同則棄之可也……。印刷的文字或畫幅、影像，逐頁呈現的風景，果如版畫般地演示，告訴讀者——我和你這般貼近，最知心。

歲斑

畫家老友：陳朝寶一九九二年的觀音水墨直幅，賀我四十歲之祈福祝禱。

舊居的中山北路到新家的大直，如此珍惜寶愛的懸掛於牆面，伴隨著母親每天的安穩，我的沉定；心經一束不必吟誦，隔水觀音如此圓滿……。

潮間一石，觀音端坐，我心虔誠。

鞭策我的文字，求真尋實，不虛不幻。

救贖以及懺情，反思與靜淨。

無關於信仰，不涉及宗教……懷抱救人濟世的無垠情懷，就是悲憫的蓮花化身；背叛的反而是無可救藥，利之所趨，不必格調的世間人。

於是我深切的近看，為之心驚！歲月一過四分之一世紀，水墨間的宣紙已然斑痕四布……如同我六旬之後隱約的老人斑提示，承受苦難的觀音。

幽藍

未諳自我：何以靜靜等待，等待一抹拂曉天光，方始不捨入睡……？四十年來，循序逐時，彷彿人鬼神三位一體交錯的自然融合，時空在迷亂中潮般流洄。

寫作和閱讀……沉靜之心最美麗。

美麗。入睡前不捨的回眸，拂曉之前最後的一片，幽藍夜色；究竟要給我暗示什麼？善意的規勸：疲累了吧？夜眠的書寫者應該睡了，或者是：夢裡昔憶重現，要記得。

記得的定義，如今於我事實上是毫無意義；已然度過了濫情、感傷、無病呻吟的青春年華，不必再追憶，再停駐在難忘的念舊。

只是，幽幽然深邃的最後一片，幽藍的夜色；啊，我明白了！是要入睡之前，許我留下一首詩，如歌的行板。

海色

消波塊，還是消波塊……。

從遠方抵達港口的貨船，若有似無的滑過北島再北的：基隆嶼。不知遠航近月的異國水手們，是否極度渴求登岸後的女人和好酒？也許暗自思念的是原鄉，殷殷守候的妻子、兒女。

海的水色，晴與陰各有不同，怕連四季變易，手寫船中行事曆如何簡筆紀實，不寫海色明暗，寫就的是波潮洶湧或靜謐，行船人最清楚。水手之歌是悲歡或離合？

岸邊的我遠眺，船上的水手是否回望看見我？相異的思索，等同眼見海的顏色，是藍是綠是紅……瞬然間不確定的轉換，船上和岸邊，一是漂浪，一是沉穩，水手最明晰，季節為海遞換色澤，日常循序。

梭羅

坎坷小鎮的：華爾騰湖畔。

同行的詩人竟然向著泊岸索食的魚群投擲石子？不可思議的問他何以這般異常動作，回答是如此荒謬——這魚烤來喫，該多鮮美……。

許是友朋間，故作笑語一則吧？我還是想起他美好的詩作。另位同行的小說家則忘了文學，在一地再一地移動的講座中，儘談的，都是政治。

我想著中文譯為：《湖濱散記》的原作者：Henry D. Thoreau 如若靈魂與湖畔森林生生不滅，一定不悅於冒昧闖入此地的三個失禮之人。

請原諒啊，梭羅先生。至少我們都衷心拜讀過您的不朽之書，抵達親謁您的湖畔，如入聖堂的敬仰之心如是虔誠；那時是：一九八六年七月十四日，北美東岸的波士頓。

茶笛

小女孩，一奉茶，一吹笛。

雅逸的晚間茶宴，是知交文友伉儷設於臺南安平的：丹橘人文空間。茶色如金，笛音幽揚，如在秋時竹林間；而我這北來之客，悠然憶及更遙遠的四十年前，此地未忘的海潮音……那已然被夷平的木麻黃防風林，黃昏夕照時，無以數計的白鷺群。

一天一來信說著北地的：思念。

一日一回函應答南方的：亦然。

她的舞衣，我的野戰服……。

粉紅色和綠藻紋，終究一分為二。

四十年後，記憶的留筆二三，不是青春昔往，反而是臺南軍次的印記。

啊，茶多芳醇，笛音美麗；猶若欣賞像女兒般地奉茶人、吹笛者。茶盡和笛歇那一刻，我致謝、告辭了。

幽玄

醫師酒友說：人生三分之一的夜眠，事實是：假「死」狀態。
時而拿他做藉口：菸與酒的強詞奪理，有一次嚴謹的請教，這樣好嗎？他竟然理直氣壯的回答——生活與現實壓力這麼大，不菸不酒如何撫慰自身，安頓己心？……

究竟是反思的真言，還是反諷的淒寂？訕然之後的我，靜靜入睡。
睡眠：假「死」狀態……？
昏沉的如夢似夢，我曾在某次的夜夢中，深切、明晰地見到一個人以利刃猛烈切割我的頸項，俐落地一分為二！頭部脫離身體時，最後一眼的由衷絕望，看是誰人？
那殺死我的惡徒，竟是自己。
幽冥如此難分，玄奧的夜夢……

模型

如果，收到一盒小禮物，裁切緊貼的透明膠帶，撕開緊覆包裹的牛皮紙，是生日禮物嗎？可食的糕點或一幅已然裝框裱成的：小畫？都不是……那是什麼？到了半百逐秋之年，斷然不似夏炙猶如性之熱切、情之綿纏，送一個半是戲謔、半是貼心的：吹氣娃娃……。

我曾經苦心尋求的收藏：模型民航客機。縮小比例：五百分之一的精緻逸品，烤漆亮麗、幾可擬真——祈盼受禮人知悉我深切了解你在現實生活中，忍受疲累的致意。

帶你去旅行。袖珍的飛機模型，就置於書寫日與夜的時刻，靜靜地隨心而飛，思索航向書房之外的，天涯海角；小小的身心安頓。

疏離

前輩作家持之以禮，敬謹問起——何以你與文字如此相異？下句話接著：希望我直言不會冒犯了你。

無比虔誠地回答如下——現實生活，置身於紅塵多色，理想尋求在文字書寫中，祈許典型的存在。

事實上，更明白自心一向疏離。保持一種適宜的等距……現實如此殘酷，早就了然於心，但見不義之事，絕不輕易妥協，要我馴服某種信念、教義，如是虛偽、矯飾之流俗，反而令我更加疏離。

遵循：魯迅。這是我的定義。

島嶼

蔣勳口白，林懷民舞劇……。

國家戲劇院十一月，雲門舞集演出：《關於島嶼》。去年秋晚，觀舞者和表演人，心情都是秋晚的一絲冷冽吧？我們的島，咱也倒（臺語）？

偌大的舞臺背景投影著口白幽嘆的黑體字，一塊塊如沉甸的岩石直壓而下，碎裂地重擊飛躍的舞者。

什麼時候，美麗之島不再美麗？

以為是謊言「鬼島」彷彿成真？

三萬六千平方公里的：臺灣。我們父祖的身世何以還在迷霧中？明明是脆弱的蕉葉，怎麼故作宣稱是壯碩的鯨魚……林懷民用文學詮釋，語音微嘆的蔣勳一定明白。

被掉落的文字直擊的雲門舞者，相信比觀賞的群眾，還要憂傷……。

戰亂

遠方有戰爭，我們遙遙對望。

伊拉克、葉門、敘利亞……？

甘底何事？子夜電視新聞閃過，廣告片刻，閒適起身去倒盃小酒，回座時但見，難民營骨瘦如柴的嬰孩，嗷嗷待哺的無助，終於嚥下最後一口氣；是啊，死比生更幸福吧？

幾千里之外，靜靜之夜，我一樣是殘酷、冷淡之人。彷彿看著日以繼夜的連續劇，真假不分的面對屏幕一方，無悲無喜的猶若木石。

手機群組叮咚一聲！多的是美食探尋，玩樂和嬉戲，寄訊人如何思索？想是善意分享的雅念，這紛擾、動亂的世間，不如遺忘。

余光中早年的詩是預言，牀上的爭戰比現實的戰爭迷情，在遠方。

卷二　帶我去吧，月光

幻滅

子夜通話中，他說在喝酒……前年父親九四高齡仙逝，今時陪伴女兒的孩子，盡責任的只想做好外公。

什麼再也不想了，什麼外界的喧譁和爭論，再也不理會，只盼求安安靜靜的淡然度日，都老了可不是？他微帶哽咽的說：虧欠家人太多。

距離三十公里路，隔著一片丘陵地……我不也心亦黯然嗎？是啊，那一句深切的微嘆：虧欠家人太多……失責且任性的他和我，如此感同身受，如此時而懺悔，子夜更夜了。

縱身於昔往，所謂的：革命以及理想、信念和堅執。而今終於領悟到，原來啊原來，一切都是徒然。

我說：遙敬你一杯，紀念我們的從前……心虛的眼中怎微淚了？

迷詩

詩人編書，詩人譯書，都是愛。

橫過千年，那是文學留下的歷史，比起無以數計的政客之虛矯、荒謬還要真實映照這人世間的，悲歡離合；借問詩人啊，何以沉鬱？

那是真切的聲音，掌權者不聽，爭逐權位、掠奪財帛，他們不讀文學。那是一面亮晃晃的照妖鏡，就怕臨鏡時，自己是如此猙獰。

迷戀著詩，那雅逸和甜美果然如同蜂蜜，猶若牧羊女的輕歌漫舞……放逐心思在最深寂的夜之大漠、荒野，如此豐饒，如此壯闊；遊唱詩人從古代走來……。

城邦傾圮，斷裂的巴比倫塔，一首詩足以讓掌權者成為丑角，這正是柏拉圖驅逐詩人的理由。

維菁

十一月，祈待旅行前夕的意外訊息。

收到轉寄某人臉書一頁，黑底白字：維菁走了。走去哪裡？她，何處去了……？

還是春末吧？在宜蘭畫家那巨大的工作室，通了電話，畫家問她何時來訪，她在山那邊輕笑柔聲說：養病中，就等身子好些，一定來宜蘭看海。

秋天更深了，夜露冷冽了；維菁的允諾相約，終成了空谷回音。

二〇一七年十一月七日我的行事曆——

> 國賓飯店阿眉廳和中國時報離職的老友晚餐：張景爲和李維菁。
> 比我年輕的他們憶及九十年代初報紙由盛漸衰的人與事，俱往矣的不勝感嘆……

貓瞳凝視人間，留下六本書，走了。

愁予

我和妻子、女兒去東海大學探訪他；詩人靜靜掃著門前落葉。七月初，葉還是凋零了嗎？暗示歲月不留情……

藍絨帽下，依然是漂亮的銀髮，笑顏如這夏日一陣雨後的微微涼意，彷如初秋……相思樹濃郁成森林，我直覺想起敬仰的：許達然、楊牧……臺中東海大學最晶亮的文學因子。

愁予老師自美歸來，駐居東海。師母何時也來呢？大學對街就是榮民總醫院，更方便於求醫，安康啊。晚餐時分，恭敬老師第一杯酒，依然如此帥氣，仍是詩不忘的：鄭愁予。這一次是真正的歸人，不是過客。

靜靜掃著門前落葉，多美麗。淡淡的向晚雨後，微微霧起白茫茫……是啊，〈如霧起時〉我，記得。

板橋

最後的求學之地，卻直到今時依然是彷彿依稀，最陌生的所在……？

我應該勇敢的回去一次，不為了林家花園，不因為板橋過去是土城，接壤著是妻子原鄉的：三峽。為了什麼？

意外，被約談的夜晚，毫無所懼的我事實是全然的，無知……三十年後人文學院誠摯邀請回校演講，陌生得像尋常另一所大學又另一所大學的講座安排而已，因為，我是一個作家。

猶若再見初戀情人，妳，好嗎？

三十年後，終於明白，不能說真話。

面對年華如同兒女般一樣年歲的，學弟學妹摯言：一定要做個真情實意的人。不是期許，而是親炙、經歷的滄桑人生；只是三十年後再次重訪，板橋的大漢溪畔，已逝的青春年華。

水果

我的內孫小名：柳丁和蘋果。兩個男嬰兒從誕生一刻，眼見家居四圍皆是公仔擺置，夢一般地奇幻情境。

因為角色扮演的兒與媳，因為全然是哈日族，cosplay的擅長及喜愛結為夫妻；住居在隔著林口臺地的桃園，他們生活，他們工作，都不在我這父親的瞭解中，每月回臺北我家一次，歡悅的帶了兩個內孫，搏我欣慰。

嬰孩的純真之眸，水晶般閃亮，從爬行到站立，從哇哇未語到清晰的：阿公叫我……時間與歲月印證我老去。

剛上小學二年級的外孫，沒有水果小名，誕生時他的父母叫他：阿土？我這外公應該給他一個水果的稱呼，龍眼或芒果？我想了好久好久……三個可愛的孫子郊遊時好感情手牽手，就足夠了。

發表

似乎這是個必須「廣告」自己的時代，從不諳網路的我，只守著老派記者慣性的，至今還是手寫入四百字稿紙，影印或傳真寄給文學副刊、雜誌……曾經有某報副刊主編明白告之：不是打字寄來，恕不刊登，因為沒有打字員。我從善如流也就不再提供稿件，彼此相安無事。

感謝不嫌手寫稿的各家媒體，他們接納，不厭其煩的用心代打字，而後不吝以大篇幅發表……我總在稿紙附註——慢用不急。

二十四年前任職副刊編輯的我怎不知同業工作流程的勞苦，我的深切歉意是：在這網路時代，手寫稿意外的必得勞累再一次打字，這是美好的恩寵與護持，多麼溫暖。

隔代

請原諒我，一次再一次婉拒大學演講的雅意邀約；不是故作謙遜也非故作前輩姿態，而是我不諳新一代人的識見和對話，陌生得難以應答。

新一代人自然沒有必要來遵循上一代人的生命秩序，更無須順從如同我輩前代的：父權威嚴主義。曾經是不自由不自在，屬於我輩被期待，被命定的成長過程；回首轉身，自己成為兒女的父母之時，不就真切的應許，將來要讓孩子，有著全然自由自在的未來？

陌生的語彙，彷彿「火星文」，表白的言說猶若電腦「人工智慧」的聲音。於我不是排拒，深知這就是已漸成為主流的，必然……。未來，一直一直的來。

從前多話，今時少語，有一天已然垂老的我，是否成了瘖啞之人，必然。

雙鏡

慣於在國際機場出境時，自動通關的辨識系統響起示警的鈴聲……我必須取下眼鏡，因為割除白內障後，我垂老的眼球上還覆蓋著一片昂貴的德製三合一鏡片。

往下看，紙頁字清晰否？不。

向遠看，牆上畫清晰否？不。

答案竟然是——醫師手術並未失手，何以卻未曾細察出我的眼球中間一塊白斑？證明我早用眼夠多已然隨著年歲衰老……循序操作，大醫師能人誤判，我則失去：信心。

還是習慣戴上眼鏡，只是在機場的自動通關之時，必得一再取下眼鏡……一次再一次。醫師終究送我兩支精確的眼鏡，意在不言中。

外與內，兩鏡片，人生看得更明白。

巫念

妳入睡前，一定還想著：小說未完成的惦念……猶若某次盈溢情慾，臨場脫衣、沐浴、焚香，男子來了，卻在短暫時辰中為之萎怯，妳飽滿性愛。

依然美麗的妳，倦累老去的他。

不會真切寫下不必的：回憶錄。

華文世界誇言：五千年？少見有人說真話……魯迅最真，怕也多少隱匿，如果是他，也是吧？所以，特別珍惜妳，依然美麗的妳以及，小說。

事實是：這時代令妳絕望。

漂忽的，流散的，虛偽的，朦昧的……明知本就沒有烏托邦，我們還是愚癡地一味苦求。夢才是我們的黑暗祭典，終於明白，梅菲斯特在澈悟原來人間虛偽的本相，決絕的被汙名化是：「魔鬼」。祈待妳再小說。

睡活

未熄的書桌之燈，我早早睡去。

未熄之燈，成為幻覺以為天亮了？鬧鐘螢光：九點鐘。恍惚之間，以為晴陽入房，原來是：晚間時刻。

慣性：上午九時，印傭定時的馬來西亞怡保白咖啡、一份早報固定安置在面山陽臺的櫸木桌上。晴陽或陰雨都好，我還活著。

好死賴活的，活著？猶若我夜未眠，晝清醒，盡聽巧言虛語；不如擁被倦眠，不再憂杞島鄉未來的未來……只是掠奪，不是真情的：藍綠政客們，陸沉臺灣，就由人去。

東引和金門的陳年高粱，幸好脫離虛妄的：臺灣本島。陸沉太平洋彷如：宿命。老祖父口中預言的：奴隸性。不捨晝夜，再入睡吧！

留山

距離最近的：香港，似乎多年未重訪。

九龍彌敦道左轉的公園對街，每次訪港都想去甜品鋪：「許留山」。從年輕到遲暮嗜愛的「芒果撈」冰品，彷彿昔時不忘的舊情懷……我自言自語：這全新的年代，多麼的，不合時宜。

夜降臨，和妻子從中環的「雍記」晚餐後走出，同時互問：何以參差幾分？是昔憶驚豔的美好口感有變或者是一種舊情懷的誤解？反而我深切渴求的是街旁的小販那熱呼呼的：魚蛋或牛雜……搭配菲律賓啤酒多麼美麗啊，搭天星小輪過維多利亞海峽，霓虹燈樓逐一暗去，該睡了。

許留山……留下的山如今已高樓林立。牽強附會的說：姓「許」，臺語意為：「苦」，卻用甜味溫慰我心。

試寫

一直自覺：散文之外，餘緒的試詩是由於向來愛讀詩……曾經在十多年前試寫小說，明知不是擅長，純粹是宣洩悲憤的情緒，不能以直白的散文表露，偽善者，我的老朋友？依然筆下留情，轉換小說但願是一份救贖。

十多年後，深睡夢底竟有春情小說意境——男主角送女主角回家，在女方住所電梯口相互告別，男人忽而不捨的拉住女子入懷，深切擁吻，在所有已然對婚姻和愛情自認早就絕望的時刻，訝然地男女兩方深切明白：原來一生彼此就在等待這個人。

如果夢醒後，我再來寫小說，是否流於村上春樹的極端濫情？那自憐自艾的日本人，我不必學他。

夜曲

Somewhere in Time……。

伴我入眠的：電影音樂。何以掩褥深睡之時，聽了總讓我眼中微淚？

永難忘懷的電影：《似曾相識》，英國的珍茜摩兒、美國的李維，美人已老，俊男早死……作曲者：John Barry 還活著嗎？向您致敬。由心萌生的獻予您一束永恆不凋的花朵。

月有陰晴圓缺，人有旦夕禍福。

老話安慰人，是誰說的？

她從湖邊草原那端如花綻放般走來，他怦然心動的自然挪近……是啊，五十年後，老婦人遞給前世的心愛男人一支懷錶，說：我在等你。

半睡半醒之間，不朽的電影音樂幽然流洄，我總是不時思念著隔山幾里外的妻子——我在等妳。

整裝

登機旅行箱，應該置入什麼？

北國深秋氣溫平均攝氏十五度。一件英國製棉外套，用埃及棉；其實最簡便、保暖的是：Uniqlo 羽絨衣，明天，我將飛往日本，妳在等候。

超商的：黑襪、白內褲、刮鬍刀。不忘小塑膠袋放入：銀髮善存？黯然突想：六十歲後，不須壯陽藥了吧？

一時怔滯，不知何去何從……。

還要帶什麼，或者不必帶什麼？

黑色的：Prada 斜背包伴我天涯海角十年，信用卡、護照、外幣……重要的是我的日記本，記載逐時怕忘卻。

不免幾分慌亂……我怕強迫症再降臨；請讓我安靜整裝行囊，明天拂曉時分，計程車來接我，也許一夜未眠之我小睡片刻，就到機場了。

避秦

遁逃到往北兩千公里的京都，瀕臨日本海若狹灣的：天橋立。冷冽讓秋葉都紅了……自求暫且放空，島鄉正在如火炙烈的最後內戰，靜靜的淺酌吟釀，的確心是如此遙遠。

重讀：海明威年輕時在巴黎的回憶錄，有這般發人深省的一段文字——

每一代人都曾因為某種緣由而感到失落，過去如此，將來亦然。

年輕寄身異鄉的未成名作家，早就是一個存在於內在的：老靈魂。依稀彷彿回望到此時暫且遁逃到紅葉正美的日本的自己……吟釀甜中帶苦，決意放空之人，何能自我解嘲是什麼必須或不必要的辯證？啊，秋好深。

阿蘇

大片的落地窗前看，山脈延伸的火山地帶形成的高原，名之：阿蘇五山。

妳在溫泉中，我方剛離水。恆是想到一種深情和熱愛……為妳，時不時夾帶在散文中的短詩，只因為深諳在現實商務間奔波的妻子；像秋葉之紅，晨時露水，我相信並且疼惜。

那是三十多年前初臨此地的溫泉浴，名之：霧島高原。三十多年後再次抵達，倒是想起和作家學者王孝廉先生歡飲的芋釀好酒：黑霧島、赤霧島……都還存活著，夜更夜了。

惦念：母親。我其實羨慕她在此時的意識跳躍，總洄遊在青春的往昔，有人可以想起，那破碎而彷彿如夢般地愛情記憶……。

沒有時差的距離，多麼的美麗。

點燈

登機走長長的甬道，機門旁一疊報紙，極少人手取；我隨時拿了一份。靠窗座位，摘下三合一眼鏡，開卷讀報。空服員貼心過來，輕聲說：我替您開燈。我答謝。

輕緩滑動的機身，逐漸急躁的引擎巨響；博多海灣一大片星光般燈火迷離……夜間飛行的啟程。

言之：疏離，終究還是：關心。

投射燈照亮著，翻閱的報紙。

鉛字從前，以後是電腦打字。

總統撥電話，賀喜縣市長當選人，不分藍與綠……很好。

倒是回眸一望，已全然忘卻是哪個空服員為我點亮了讀報之燈？一種溫暖，猶若夜中忽而燦爛起來的：曇花。

青鳥

遠居大西洋岸紐約的前輩：王鼎鈞先生（晚輩稱之：鼎公），不知是否還記得很多年前任職「幼獅文化公司」總編輯時曾經邀約吾等五十年代誕生的年輕寫作者茶敘，深切的勉勵——

就像一群青春鳥，勇敢不懼的飛出森林，昂然翱翔在雲上……應該自詡精進，成爲鷹般的壯麗。

很多年後，我常以「青鳥」期許青春正好的文學新世代，就引用鼎公這段發人深省的諍言……力求更精粹、進化的文字書寫，別趨炎附勢，別委屈求全於發表、出版而馴化於世俗的「主流價值」，存活在他者的期待裡。

倦眼回眸，青鳥之我已成：老鴉。

月光

或在高山的林葉間，許在海岸無垠之夜暗，舉目但見穿雲而出的明月皎亮；靜靜的無比溫潤，古老的銀器般對望。

人與月，一生永追隨……只有月光不會背叛，愛情和友誼以及塵世的人際關係。不像日間的太陽炙照，月是如此溫柔，多情、珍愛的俯看人間，靜美的悄然對看，不必交談。

月應諳知人心事，隱約且含蓄的清涼；夜之冷霧，拂曉前花葉的露水，都是月光下，不忘的詩歌證據。

帶我去吧，月光。我，由衷輕喚。

據說，人與月距離二十五萬公里？心卻是如此接近，夜來就相約。

天文學家付予未知的月之平原，名之：寧靜海。海竟無水，只是荒岩一片……因為未知，所以寫詩？我恆是遙敬一杯酒，微醺之間，月入夢來。

聆潮

喜歡收集貝殼，約莫是青春年代。

詩人說：貝殼是大海的耳朵。

就伴隨詩人去北海岸聆聽潮音吧？咖啡店以藍、白二色擬摹希臘的錯覺……至少，潮水來去，太平洋近，地中海遠，苦澀滋味相與等同。戲劇系教授淡定的指向水平線說——看海就好。詩人的特質事實不止是文字，她是秀異的美術系教授，油彩下的海猶若原鄉漫無邊界的：蒙古大草原或沙漠，離海如此遙遠……。

嘩嘩然，只是呼吸不是吶喊。

靜謐的，自然沉默。我很想向詩人說——愛詩之外，更想看妳的畫。蒙古原鄉那草葉的悍然、沙石的粗獷，妳虔誠畫著……何以不見海？果真是蒙古公主的堅持，詩人本名：穆倫・席連勃。

貓繪

五秒鐘，我快筆：一隻貓。
新書發表會，文學座談，習慣性隨手畫一隻貓送給讀者或文友……。
何以嗜筆一隻貓？大約是三十年前家居養貓的：念念不忘。
三十年後的惦記：依然在題簽時附筆：貓之漫畫……未眠的夜貓子。
相信，不相信？我曾在舊居有過一隻花貓，名之：棉花。兒女幼時一定為了它忽而失蹤而哀傷、沉痛。
臨死之前，貓一定知諳生命流程的必然吧？就以離家出走的方式作別，不勞煩主人為貓料理身後事。
多麼俐落、灑脫的真性情。
似曾相識的在日記書封底印上我和毛色相仿的與貓合影相片，彷彿昔時不告而別的棉花，回來問候。

銀杏

猶若張開的：摺扇。夏綠秋黃的銀杏葉片，藏書票般地夾存在冊頁裡；每一片都是北國旅行的紀念。

詩人向陽年少初集：《銀杏的仰望》。那是他原鄉：南投縣鹿谷鄉的青春回眸……稀有而獨特，如同他擅長的好詩，愛與美的書寫至今。

摺扇張開，究竟要如何題字？粗礪的葉上條紋，化石般地堅定，夏季的北國路樹多的是：銀杏。一再如歌謠吟唱，關於季節的信約；我，靜靜聆聽，彷彿是情人的心靈寄語——想我嗎？一生都在等待。

一生都在等待的情人，最後成了妻子。巧笑倩兮的為我留影，她知悉我愛銀杏，就像對她的深愛那樣的真切不渝……摺扇合攏的睡去。

石榴

紅寶般地汁液，何時暈染了我的白衣？那是我輕輕剝開一枚紅熟的石榴，吸食肥碩果粒之警覺。

十尺之外，百年雕刻的古董紅床深睡著一雙伴侶；垂簾掩映的絲帛，若有似無的透溢出情欲後倦而甜蜜的緊密相擁，我閃躲視覺。

晨起的玻璃窗，被霜雪包裹。

溫度計顯示：零下十七度。

遠距原鄉一萬公里的：紐約市。

昨夜，他們放了一枚石榴在白瓷小盤，那是明朝古物，猶如：盛宴。

意外的，成為突兀的侵入者。

格外小心的我，十指小心的剝開紅如火焰，甜汁豐美的石榴，彷彿以指探索，以舌綣繾，性愛前戲的動作……怎麼，恍神的白衣染紅？

初雪

原以為是櫻花雨紛紛飄落，竟然是初雪……白白的撒下，不冷。

緊握的手，一直不曾放開。是啊，如夢的時光回到現實的此刻，妳與我再也不能錯身而過，彼此都記得。

十二年前，咖啡桌前還是青春少女的妳，我未曾舉目對望，陌生得猶若尋常的應對工作必然的循序。相信自己彼時是個盡職、認真的副刊編輯人。沉定的想著：請給我好作品，不必試圖說服我。

倦眼回眸。彼時還在惑然自問：何以原初預期，合應圓滿的婚緣幻滅，只能無助、無言的避走他鄉？最哀愁的一九八七年，未識的妳大學畢業。

京都，哲學之道，以為是櫻花雨紛紛飄落，二〇〇五年四月的攜手同行……原來是初雪的幸福預約，感謝妳。

媚俗

資產四千億的上市公司執行長，食道癌傷逝，媒體以大篇幅奮力追念。五十四歲，帥氣且謙和的大事業家，人死為大，早就在病中囑咐：死後不必悼祭，追思會，請讓自己，靜靜離去。

其實，媚俗的媒體是屈辱了他。只因為他的事業體是最大的廣告客戶，實質是財帛豐厚之人。

如果傷逝者，是一個文學作家？

紙本報紙，大約一張明信片大；電視新聞不會報導，除非這人是：諾貝爾文學獎得主……媚俗至此。

斑衣吹笛人，我時常想起古代文學藉之「寓言」的警示。人民如旅鼠，隨笛惑然前行，抵達的竟然是被全然禁錮在黑洞之中。

被誤讀、辜負的傷逝者，多悲哀。

拂曉

夜星稀微地告別，沉默無言。

時時刻刻與之面對，我未睡。

尋索一個字，靜讀一本書……。

一字一句。古代和今時，怎般地一顆難以探索的心靈，事實是苦苦追溯人生的從前和未來。

懼於天光乍現，我自許拂曉前夕一定要擁被睡去……彷彿一次戰爭的暫歇，無涉於：宗教、信仰、理念、愚痴……生理的疲倦，心理的思考，虛與實、真和假、生死的自我辯證。

書寫及閱讀。文字的天譴，太過就是未知的腦血管破裂、中風或成為：植物人。幸福的是：心肌梗塞，就在睡眠中不知所然的死去……。

隱約的由黑而藍，繼而魚鱗般的銀亮與虹彩……我要睡了，怕天亮。

火柴

異國旅店，火柴盒是它的印記。

執念般的收集眷愛，那是旅行的紀念；曾經抵達這地方。

點一支可能罹癌的香菸，其實歡喜的是，那擦亮火柴剎那的暖熱記憶，童年時煙火一閃而逝……。迷魅的飽足，饑餓的貧乏。

不必自虐，我說。年過六旬之前的五九歲月，清晰非常的告訴自己：犒賞自我吧，人生已經太累了。

於是異國旅店，各式各樣的火柴盒喚起我的旅情，我甜睡或失眠的，每一夜。攤開空白筆記冊，竟然一個字都難以書寫？

就抽一根菸吧？或者泡一盃掛耳式的咖啡……夜深人靜的異國旅店，擦亮火柴棒，最是溫暖。

卷三　掛耳式咖啡

掛耳式咖啡

像雙手緊擁自己，我讓它分開。

愛人還在深眠中，煮沸的水急躁的發出翻滾的口哨聲，替我道早安。她散落在枕上的長髮，靜謐間彷彿替代了聽覺，花瓣般地慢慢張開；她在眠中夢見我嗎？那一年我在街角一排印度橡樹後面等候，首次的相約，反而不知所措的，是我。

撕開內裝研磨後的咖啡紙袋，分開的兩翼架在瓷盃兩端，間歇倒入滾燙的熱水，輕緩的手姿猶如我溫柔的摯愛，為愛人沖一杯好咖啡。

掛耳式咖啡。瓷盃兩端的支架像左右的耳朵，聽見我未語內心的深情和彼此的疼惜嗎？香醇的意境，眠中愛人鼻息間若有所感？滴著秋雨般淅瀝……喝咖啡囉！

三十年夢回

不知道何以灣區的海鳥，何以能夠遠翔抵達這內陸的校園？學人宿舍二樓晨光微霧的玻璃窗，白腹背羽的睜著黑豆般的眼眸，用那尖喙觸擊著：叩，叩，叩叩……我正在寫信。

寫一封長達八頁的信，要寄回臺灣。

這是一九八七年，盛夏的美國加州，季節炙熱，我心卻如冬冷。早已深諳再也走不下去，無路可出的黯然；請原諒我再也沒有能力的折逆。不能再自欺欺人，受苦多年的彼此，都明白原先允諾、祈盼的美麗前程，其實最初的約定都是一次意外誤認。

不知道三十年後的收信人，是否還保存著那封越洋長信？

不知道何以在這深秋的夜夢底層，忽而夢見在異鄉寫信，好久了……。

北之螢

最冷冽的夜星，在最北的島國。

我去的時候是盛夏的北海道，富良野的美瑛町如錦繡一般的燦開多色花朵，紫的薰衣草無邊無涯越過丘陵。

西向往北就是俄國庫頁島，在名之：網走的漁港望著潮浪我心蒼茫。據說，冬時流冰北漂而來，霧深雪重；熊冬眠，狐隱匿，魚深潛……夜星的光更閃眨著冷冽，想到：夏之流螢。

遙遠青春年代的我，在闃暗的影院看見：仲代達矢和岩下志麻的雪夜歡愛，冷冽星光照入熄燈的室內，熱炙如火的裸身合一，糾纏、喘息……。

這是中年旅次的回想，二十年前盛夏的異國北島，花開正盛的人聲喧譁；靜待夜來時，仰看天空，夏之流螢應如冬冷最美的夜星。

原鄉人

回去原鄉的車程，那是雪山群嶺延綿如帶的遠景，欲雨未雨的水墨意境；靜看時不免情怯，多久沒回去了？

原鄉昔人別世多年，那時未告之竟來不及送行；想到護魚溪、守山林的泰雅族故友，燃篝火，敬米酒的自然自在。山水的魂魄化為晨露晚霧，都安好嗎？我，還在都城，賴死苟活著。

時而，絕對沉默如瘖啞。時而，躁悒碎語自言，不知所措的無從……我從何而來？往哪兒回去？一定有個容許全然靜心且淨心的所在，讓我安身不再迷茫、慌亂；是的，那地方。

從不懷疑，我內在時而思念的原鄉；那地方叫：尖石。猶若讀音——ㄐㄧㄢ，ㄕˊ。如此堅實存在著，終於我久違多年要再回去了，原鄉人，我是。

情色小說

羅麗塔的：未成年少女。

如果讀過西方小說的人，意淫般地走入歌德七十歲，瀕死之前最後願望竟然是：鬼魅般侵入十七歲少女深睡的寢室，撫娑那起伏的乳房……？

葉石濤老師最好的小說，不是：《紅鞋子》那是白色恐怖時期他苦難的痛苦記憶；反而以文學深度回看是他老來敬謹寫就的：《蝴蝶巷春夢》……。性最真實，愛反而不確定。

人和獸之分野，不必道德偽飾。

府城的葉石濤紀念館，在孔廟右側，位於國立臺灣文學館後座，一棟平實的日式建築，我常抵達，不忘索取以他為名的四百字稿紙，我寫了幾本散文書……那是葉老期許晚輩的留情。

回憶錄

於是，有人問起：文學回憶錄。

都留在每一冊散文書了……我說。

你，走過詭譎的媒體和政治，應該留下一冊：回憶錄。有人說。

決絕的沉默，替代我的回答。

華人世界，真正的表白一生記憶，儘是「豐功偉業」、儘是「歌功頌德」，請告訴我：幾人是真？儘見偽道德，其實啊假象最讓人心虛……難道沒有私己的陰暗面嗎？陷害、偷情、貪腐，背德的另一張臉孔在浴後臨鏡時，是否不認識自己？

《私の遍歴時代》，三島由紀夫的青春回憶，坦言不喜歡太宰治那頹廢的做作。不斷索引著自我生存於世的疑惑，我寧可讀這樣一本書。只是真切面對己心之人，終至如此不幸。

正反兩面

秋訪京都，最祈盼的反而是多年不見的：吉田山莊。得以安坐，喝盃咖啡，日式旅館右側那歐式的茶屋：真古館。

但見緩步上樓，木質的溫潤，手握的質感，窗前一望，大文字山和三重塔的：真如堂寺院。紅葉滿山，銀杏金黃……遙想：川端、三島一定都來過春櫻和秋楓的探訪……。

咖啡代酒，遙敬兩位前輩作家。

還是行入真如堂。我不留戀春櫻與秋楓，反而是思念夏時此地的山茶花……堅實、決絕的落滿地。

有人買了祈福的御守，我意外發現一枚土鈴雕塑：正反兩面巧妙對比，一是美女一是惡鬼。

此刻在我書寫的桌前，多麼美麗，多麼詭異。

妳是我的昔往

最後的定論是：緣起緣滅。

愛情如何詮釋？偶然成為必然的相識自是有緣，最初其實只是在某種場合中說起青春的從前，而後是三杯酒飲盡，心事相互剖白……這時候最真心，也最危險。

寂寞吧？原來是：千古的憂愁。

我是否應該，深切擁抱妳？不是情慾，只是生命由衷的，疲倦，真想沉沉睡去，不思不想。

猶若明鏡反照，不分男與女，情愛的分合聚散，那時刻，什麼都不須辨別：虛與實，真與假，生命，漂泊在明暗光影之間，忘了妳是誰，我是誰，都倦了，可不是？

那是我不知所措的，前半生。虔敬的感謝：妳是我的昔往……。

方格子襯衫

長年以來的習慣穿著：方格子長袖襯衫，搭配牛仔褲；年輕時編輯、記者工作，中年後在廣播和電視的外景主持、時政評論，彷彿成為一種約定俗成的外表印象。

其實是笨拙的至今仍不懂得打領帶，只倦於工整的西裝一式之繁瑣；只求輕便、舒適的俐落。說來是自求自由且自在的，某種不擅與人唱同調的不馴和堅執吧？

孤鷹兀自翱翔，蒼狼獨行荒原……俐落而灑脫的方格子襯衫伴我行遍天涯海角，生性不被主流、律則規範及制約；註定是不合時宜之我，倒也安穩自得的過著歲月。

山風、海雨……溫暖和柔軟的棉織品，像自許：莫忘初衷，如此純淨。

濱江街一八〇巷

很久沒有左轉穿越那條四野漠漠、空曠的巷子，位於濱江街和民族東路，臺北松山機場南向的飛機跑道頭。

曾經是孤寂童年時而接近的地方，一排紅、白相間高架的導航燈，不論晴天或雨日，那麼盡職的閃熠光芒。

依然熟稔那從遠天由小逐漸變大的飛機胴體，從童年的螺旋槳戛然到青春時候的渦輪噴射呼嘯……成年以後是機上的旅客，側眼俯望，淡水河、大龍峒、新生和建國快速道路的車潮如一隻隻小瓢蟲。

據說要延伸更長的跑道，不久這幾達七十高齡的，俗稱：「飛機巷」的田野通道就將全然封閉了。

往事總如煙，悼昔是一份感心的回憶，那是伴我撫慰孤寂，成了文學。

鐵蒺藜綑綁的手

金芝河。韓國詩人，曾經不懼地試圖穿越三十八度線，回返北朝鮮的原鄉……被南朝鮮定罪，說是叛亂者。

不曾拜讀過金芝河的詩，首次聽聞詩人之名，因為西方的諾貝爾文學獎一再提名，年輕時，小說家朋友告訴我此一值得致敬的名字。

「拍馬屁的，不是文學！」吳濁流先生不朽名言。小說家朋友一再引用互勉，那是文學純美的八十年代，那是解嚴之前深切共祈黎明到來的臺灣，而後漸行漸遠相忘於江湖；記得他昔時向我稱美韓國抗議詩人：金芝河之時，那激越的理想。

很多年後，我讀到英文版金芝河詩集《一雙被鐵蒺藜綑綁的手》，如此決絕，何等堅執的一生懸命……好久不見的小說家；您，都好嗎？

宋澤萊：請安

笑諭知心老友的筆名：宋澤萊。

宋：那是由盛至衰的南朝之末。

澤：枯水之岸，那是您的絕望嗎？

萊：古名臺灣是蓬萊島鄉，是否？

久久一次通話，卓越的小說家：廖偉峻，逐日從住居鹿港越過濁水溪，探望雲林縣對岸，病老的父親。

我深切了解他的勞苦，自己在北地首都伴隨九旬母親的心情……辛苦了。我在電話此端，就一句問候，彼端自是瞭然於心。小說家淡定的囑咐：千萬別因父母衰微，我們也隨之老去……。

默然，我和他頓時陷入沉寂。

生命，難以臆測的逐漸老了，晚秋也接續初冬了；還在用筆寫字，一生吧？兩百公里之遙，你我如此接近。

辨識

久遠的行事曆冊頁裡，突然掉落出一枚昔時工作單位的證件？附帶著塑膠封套，通行之用、職務印證；半身二吋相片回望著你，那是我的從前。

從前的我，二、三十年後問我什麼？二、三十年前，想些、做了什麼呢？

至今不悔的堅執自我的理念，那時是蒙昧或是自以為是的：相信？敬謹、盡責的做好工作的必須？上班，下班，或者獨自去看黑夜之海。潮浪隱約，夜海什麼都看不清楚……帶一瓶紅酒，靜靜自酌，沒有任何情緒；放空似的，就是看海。

那是手機方剛出現的九〇年代初，獨自開車去看海，失蹤很好，沒有人可以找到我。但是總有幾分憂鬱，是啊，四十歲彼時想些什麼？

酒間題字

畫幅裱裝在金色的菱形框，紅底黑色版畫：何華仁的貓頭鷹。

那是農曆年的宜蘭。相約酒聚，歡喜期待的都是畫家老友：黃銘哲、陳永模、劉開、何華仁……。

金門高粱、法國紅酒。準備一次祈待多時的新春盛宴，自然且自在的進入以書版設計盛名的：劉開、莊玫憶夫妻，就在水田與小溪間的美麗家居，我只是一再反思：何以不遷居宜蘭？

陳永模毫筆沾墨，在何華仁送給好友的貓頭鷹版畫上題字：「有餘」。別有深意，很溫暖的貼切；餘生愛晚晴，靜好不知秋。但祈平安，相與歲月，已然深諳：人生實難。靜看畫家題字，微醺筆墨，分外傳神的知音。

抽水馬桶上睡去

的確是疲倦了，或是全然放懷？

我定義：廁所是最好的身心安頓。沒有尊卑，不分老幼，更真實的是：貧與富前後進入廁所，很美好，良善的平等心情，抽水馬桶懂得。

子夜，抽水馬桶上坐著竟入睡了？

進入夢中的，陌生似曾相識的海岸潮音，我艱難的自問：身在何方？濛霧的沙灘遠處，未明的一個人走近，招手，猶如鳥之雙翼，認識嗎？是誰啊？莫非是亡友入夢來相見？極力思索，卻什麼都記不起來。

應該按下沖水按鈕的，彷彿試圖沖洗去往日記憶……刻骨銘心。

我思故我在。最貼近、親炙的：抽水馬桶。夜間綻開的曇花，乍醒之後，是否應該有一首詩呢？

彷彿：托瑪斯曼

三位作家約我酒聚，秋夜。

不談文學，倒是在微醺之間，問起我溫柔另一面的：性向識別？果然是宴無好宴，借用張愛玲的名言——這樣的陰謀我害怕。

我，愛女人。一句話，凜冽的解謎。

彷彿一時之間，怔忡的彼此沉默片刻，酒意全消般地呈現某種停滯、靜止的，尷尬……我，愛女人。我明白再重複一次。是我清瘦的外表誤解了他們嗎？其中一位撥了手機：你，在哪兒？另兩位帶著揶揄的笑他：伴侶在想念啊？關了手機，他靜靜看著窗外的街道，夜深了，等一個人來。

我想起一本小說：《威尼斯之死》，逐老的小說家暗戀美少年……。我舉杯敬三位作家，果真推門進來一個美少年。

刺鳥書店

女兒寄來一段來自：馬祖南竿的影片，但見穿越長長岩穴的，從前戰略走道，來到一處空曠的方室，窗外就是海。

二手書店兼及民宿外加咖啡座，名之：刺鳥。留著小鬍子，瘦削如魯迅的老朋友是主人，長年一身亞麻布衣，紫如我和他互敬的紅酒，藍若夏時藻漂近海的夜光，近稱：藍眼淚。

一處昔時軍事碉堡轉變的人文空間。終究是他原鄉的島與海……是怎般心情呢？夜鶯最後的歌吟，絕決的美和愛，以尖刺印證堅執。

島和海最親近，沉默但知情
秋時霧夜的彼岸花啊
彼岸是死，此岸是生
很久未給鳳頭燕鷗寫信
刺鳥書店。四方海潮音

插圖今昔

簽字筆試畫線條……莫非還是未忘昔時習繪不成的，遺憾？

前世紀的七、八〇年代，散文書寫之外，副刊、雜誌囑之作插圖，是如何的全心投入，那炙熱的專注至今憶及，彷如一夢。

早已遺忘的，曾在一九八五年九月出版的散文集：林白版《塵緣》搭配二十五帖文字，自繪二十五幅插圖。

三十三年後的二〇一八年，執筆再試畫，其實已失去了當時的自信；但還是相信得以對應距差歲月前後筆觸印證，告訴自我：不忘初衷。

如若將今昔插圖，合置於未來新書作為前後、中頁的分帙，又將呈現怎般的異彩？啊！原來，我一直隱身在墨水裡。

半是火焰半海水

打火機咔嚓一聲：一朵火焰。

拂曉前夕的隱約晨光，總令睡前之我感到恐懼，長年的強迫症使然嗎？黎明前最深的夜暗，黑得那麼絕望……應該深掩被褥，睡去。

卻又彷彿依戀妻子，那樣的不忍入眠，就怕夢侵蝕；陌生的情境，火焰和海水，冷與熱，生和死交錯的形成一種不幸……自傷傷人的懺悔。

小說家摯友勸說：過多的自責只會憑添苦惱。為了逃避如此無端的迷夢凌遲，天亮前夕，我去看海。

開車，反而異常的清醒。我越過大屯山系，延綿彎曲的山間公路時雨時霧，其實就在雲中……。好吧，中停在馬槽橋畔，點燃菸，無意識吞吐，白茫茫煙氣，在眠夢中嗎？

紙扇

貴船神社。一長排縮小版紅色鳥居，我看得失神，一大群遊人用一千元日圓爭先恐後的泡浸在水中？不明白那是什麼祈福或驅邪的儀式。

川床午餐，飽食之後，拿著店家贈送的紙扇，心滿意足的緩行到電車站，那是幾年前的京都旅次……。

記不起來是什麼確切的年月，反倒記得回程的區間電車一身紅。那是夏炙的日本，搖著紙扇，事後比我聰明的妻子在她的著作：《綺麗京都》留下這樣一段文字——

……發現我們這對傻子眞是活廣告，把「乇乇樂料理」一路從貴船搧回京都……。

像約定，這支紙扇一直留在書房。

初戀女

一九二一年的日本，東京帝國大學生：川端康成年方二十二，已是初膺盛名的年輕小說家，決意和十五歲少女伊藤初代訂婚。

大阪府茨木市立川端康成文學館牆上展示著這張古老的黑白相片——戴著東大學生帽的作家已有一張老人般清癯的臉孔，右側的少女則是清純而些許茫然……終究斷裂了最初的祈盼。

留下五十一年前的青春遺照，一九七二年的老作家以煤氣自殺，最後一刻的絕望浮現，是否就是：最初的戀人？

未完成的，初戀，留住最青春的少女倩影……可能都一生難以忘懷。

那時，是怎麼說的？也不明白就淡然分手了……也許藉著一封信，一通短暫的告別電話，連相互祝福的話都沒說；是啊，天涯海角。

落淚不是悲傷

六旬過後，只求靜謐安渡，餘生。

不知今夕是何年？果真應驗時人說起：歡笑流下眼淚，面向電視竟入睡，不忘扭腰、搖頭來回左右各十次，偶而吞食安眠藥，最好是不要有夢，故人在夢裡，回憶終是非常苦澀。

由心而發，的確也是。撰寫這帖微小品文前刻，不知所然的流下眼淚……非常不解地想著何以如此？我正從一本書的閱讀暫且掩卷，不是小說情節的悲傷，竟而不知所以的落淚？

書房亦是寢臥。難道是所有藏書如死去多年的靈魂，要我同悲共喜的感同身受？謝謝啊，藏書伴我過一生，莫非是怕我忽而猝死，如何處置珍愛、寶惜的各式好書？

倒盃酒。真的，落淚不是悲傷。

最傾心之書

世人印象深刻的：馬奎斯不朽名著《百年孤寂》允為代表作。

馬奎斯反而說：一生最得意的小說是：《獨裁者的秋天》……。

千萬人嗜讀：《百年孤寂》，借問：幾人讀完《獨裁者的秋天》？是因為大師一字到底，不分段落的持續每卷長達兩萬字的，巨幅展現。

猶若大到整面牆的一千號油畫史記，前之理想主義的革命家，後之成為反革命的貪腐者……終於讀完這本書。我帶著它行遍天涯海角，一直讀不完，如同永不甦醒的惡夢……魔幻與寫實，美麗又蒼茫，逝去的馬奎斯，還深切惦念吧？

作者引以：最傾心之書。猶若私己的戀人，如是真切，如是虔誠。

紀實逐日

每天寫下的日記，是懼怕失憶。

致敬於被長年病與老所苦的前輩畫家：濁水溪之石、藍鵲作為臺灣國鳥、骨骸般青春意象、臨摹日本畫家東山魁夷的湖畔白馬……我見過畫家初戀的女子，在一萬公里之遙的波士頓，長髮飄逸的美人，那是一九八六年夏天，她帶我去敬覲梭羅的華爾騰湖。

日記，我寫下一段旅行記憶，竟然是留住畫家青春時的苦戀？回眸儘是蒼涼意，你，該如何記取？

猶如你心反照於我，鏡面早已濛塵。四十年後之我，還是不渝的逐日紀實，單純的心情在當下，時時刻刻，沒有突起的情緒，總是靜靜書寫；一支鋼筆，再添墨水了。

睡前酒

助眠或者貪飲……笑問自我。

微醺，其實最清醒，跪下來摺被，鋪妥藺草床席，秋冬之夜。不忘覆以羽絨被，還是怕著涼。

靜好的一種幸福。一本書，一杯酒，筆和紙接觸彷彿親吻；您是我最傾心的畫家：安格爾。土耳其後宮的嬪妃裸身以待君主的臨幸？我寧可深愛那油畫筆觸，栩栩如生的：汲泉之女。

敬畫家一杯致敬之酒，相距數百年之遙；安格爾風格其實就是我自始追求的文字那更大的可能性。

微醺，其實最清醒……也許酒後醒來恆是午後時分，慵慵懶懶的起床，打個呵欠……不思不想，泡杯熱茶淨口，又活了一天。

請不要動他

未關去電源的屏幕，方形的視窗空蕩地在半圓形桌面，彷似幽微的舞臺光暈，在一次演出後，未熄的，呼吸……。

只是眠間乍醒，感到渴，在陌生、夜暗的空間，拉開冰箱，玻璃瓶中清澈的飲水，我還在不相信的怔滯中。落地窗外的大庭園，再看去是森林。

滿布桌面的，是一張張黑白相片，電腦屏幕的幽光下，我挪身俯看。

請不要動他！背後一記冷冽語音。

女主人原來仍未眠，我回眸靜對，瘦削的身影在未開燈的室內，幽暗且空茫……她，哭泣、忍抑著吧？

請，別動他……。重複的，變得溫柔的語氣，一下子又消失在幽暗中。

推開視野，閃避那雙愛侶的青春留影；那是二〇〇五年：李渝。

失樂園

最後晚餐的：水芹鴨肉和紅酒。

男主角口含滲入致命，足以讓呼吸急促停止的毒藥，在激烈、蝕情的歡愛之後，一口一口餵入女主角紅脣中。

死後全然肉身僵硬，誰也分不開我們……自殺前，彼此如此信心允諾。

子夜的電視屏幕，我看著最後一幕，幽然微嘆，思索的是小說原著改編成電影，意涵是深沉的至愛抑或是純粹的性慾，因為，寂寞……。

殉情，因為全然的，生命絕望？

誠實言愛，也就不必偽道德予以譴責吧？如果小說情節不死呢？這虛矯的社會又怎般看待，婚姻之外的疏離或背叛？是愛情也是性慾……電影中，黑木瞳那貞靜的無辜眼神，收起光碟片的我，想著她。

留影：披露宴

披露宴：日文的喜慶婚宴之意。

那時留下的賀客影中人，你一定記得。

年華如逝水，那時盛裝出席喜宴的朋友，長者皆已老去，少者已然多少一身滄桑……沒受邀請的人，不是排拒，而是因為情怯的某種無奈。

難以言說的，曾經行過的歲月；也許不說更好，意在不言中的彼此相知，某種誤解或無言以對。

那是十年二十年三十年……更久遠的彷彿依稀的心在惦記；我沒忘記你，你還想起我嗎？那次喜宴，應該來的，沒來，是因為不寄請帖。

一頁翻過一頁……翻看著昔時喜宴留影，終究是輕微地，嘆息；披露宴，披露了什麼？真情實意？無止盡，相忘晚年到臨死一刻，一定。

美術編輯

如何，完美的成就一本書……？

向晚，抵達出版社時，她的女兒放學，就在依然忙碌的編輯桌一旁，安安靜靜寫著功課。

二十年前，我不就也是這般如此的複製場景？手跡雜亂的文字，怎樣成為工整、漂亮的版面……？一張副刊，一本符合題旨的新書。

那是創作再完成，終極的文學生命的誕生；失敗了，再也沒有任何理由得以辯駁。魔術師或迷幻者，從無到有的完美顯示。

她，是一個天使。靜默著，沉穩地包裝、美飾著一本書，一張明天見報的副刊版面；她，是誰？

總是依附作者的祈盼？儘可能的；妳是一朵美麗又堅定的花。

莫言不如瘂弦

中國小說家：莫言。臺灣詩人：瘂弦。

此二大家如此命名，自有生命意涵。

修行者勸世語：話多不如話少。讀之似悟若澈，事實是深諳人塵艱難、人心詭譎的無奈諍言。

又說：話少不如話好。遁於亂世，置於清流；稱美總受歡迎，多言生風波，異端的不合時宜，註定是烏鴉。

語不語？政客之流就是最期盼話少，這樣不會有異議和評論，失格的知識分子容易收編，用意在於要禁言封嘴。

莫言：不要說。瘂弦：什麼都別說。

慘無人道的中國文革，流離別鄉的痛楚艱辛。兩大文學名家的筆名實是大智慧的深切提示：虛幻的人間世，諍言和真情，終被釘上十字架。

莫言不如瘂弦，不是文學，是警醒！

卷四　手抄的詩帖

紙匕首

如果，寫了文字，倦而睡去，擱了三天後再重讀一次，文句不合宜，猶若南亞大海嘯突兀湧漫而來，經常是驚心動魄的，巨大挫折，敗筆了……。

於是，從抽屜裡不經意地取出那枝來自遙遠新疆，維爾吾族的尖銳匕首，冷冽的刀鋒泛著雪之冰寒，血的示意，如果反手刺入胸膛？

鬼魅一般地，可怕的自戕想像。

總是自求最高標準的完美主義。

就如同少時拜讀三島小說：《金閣寺》深切領悟的心情——少女已卸下浴衣，露出花朵香味的乳房那即將至樂的情欲；無比神聖、莊嚴的塔頂那在暗夜，泛著月光似的金鳳凰，俯視而來的凝重……。

匕首，月光般，橫放在空白稿紙上。

處女之泉

所以，絕對不能夜醒時，外出走動；那是鬼的領土，神的沉睡，人的夢域……三合一錯覺，沒有對錯。

更年期的半百女子，眠中乍起，想到少女時代十七、十八初綻一朵花，鮮美在沐浴時臨鏡裸身，不免羞怯；浴缸水暖，妳最初的：處女之泉。

早前同名的西方電影亦如是。

少女情懷，總是詩。

不想半百女子再臨鏡自照之時，微嘆青春不再；妳也曾少女啊，我記得，也許揣臆，那時我還不認識妳，但願那記憶停格在遙遠的九十年代，前世紀第一次見到妳。

多麼瑩潔且亮麗的桔梗花。

紅與白，紫和綠……少女的妳。

夢遊，挪近井邊，純淨的泉水。

手抄的紀念

女兒送的：歐洲古典筆記本。

太精緻了，如何下筆書寫？日記、手帖或者自然、自在的十四行詩……就怕拙劣的手跡壞了筆記本的美麗。

於是，試著抄錄心儀的詩家名作。一首又一首再次拜讀，從前未讀或錯過的，終於真正回返了，六十六歲的讀者，另一種心境，反而深諳可以傳世的好詩，等同於自我人生。

昔時青春年代，手抄的是被認為禁忌的：魯迅和沈從文小說、詩的艾青與何其芳……課堂上不想聽？動手抄寫，教授走過來，翻看我那匆促的筆記本——啊，同學，這是讀不得的，滔天大罪，你，小心。

那白色、無聲的黑暗年代，教授良善的未舉發我，想也是愛讀之人。

索引問答

日治時代詩人郭水潭作品〈廣闊的海〉是公元一九……幾年寫的？

應鳳凰在前，張恆豪在後，line 來準確的時間——一九三七年一月。

何等感心的：索引問答。

引領我回到，童年時代的大稻埕。我的太平國民小學，怯生生的不知所措，三年級未婚女導師一記耳光，讓我此後一生，左耳失聰，失去平衡感，不能騎雙輪車，我被懲罰的理由是：家境貧窮。我一直想問：貧窮是罪嗎？

　　妹妹　　妳小小的胸脯
　　　想必會受傷吧

郭水潭先生之詩，讀來多麼地心疼。八十一年後，失聰的左耳，依然喊：痛！

龍與蛇的距離

舊曆年生日：屬龍。新曆年生日：屬蛇。

妻子笑說——生日好幾次。

遲報出生四十五天。據說彼時的臺北市大同區公所警告我驚惶失措的母親：再不來報出生年歲，罰十五塊錢；於是，我多活了四十五天。

若是屬龍，是否輝煌騰達？屬蛇是身分證記載的生日。

龍之暴烈，蛇的陰柔。

我的文學，交織在龍與蛇之間的距離……都是繩子般的：爬蟲類，只是世人不曾親見過龍，多了利爪狀的四條腿，蛇是以腹肌行走；艱難可知，但又認命。

我是這樣一個人，非龍即蛇；靜靜的書寫，請不要吵我。

詩的初心

陌生的詩曾經遠如
海域與雲之距離
隔著窗若有似無
探看一種冷以及不確定
原來是以美麗抵抗
如同新幾內亞叢林深處
紅寶、翡翠之羽的鳥群
兀自鳴唱不予人聽

詩集首冊的心情，惠序者：詩人羅智成已深切表明，正是我的心情。

五十三歲後，才認真寫詩的我。

八十年代初的詩社，我不寫詩，同仁要我以擅長的：「漫畫」諷刺眾聲喧譁的現代詩壇，那是歷史留記。

愛詩因而習詩，不忘初心。

人生船

一〇一大樓，夜色漸攏的向晚，亮起詭譎的霓虹光焰；資本主義、炫富的虛矯，一支倒插入土的祕教匕首？

臺北東區最繁華的信義區，從前的四四兵工廠，白色恐怖的五十年代，被以「匪諜」罪名，槍殺無數知識分子的惡地；夜來，冤死的鬼魂還啾啾哭泣嗎？後山埋骨三張犁。

意外在誠品信義店，驚喜遇見久違的《人生船》。向陽主編，三百六十六位作家的日記，合集成九百頁大書，版權頁依然是初版的一九八五年七月，爾雅出版。

人生一條船，悲歡渡日月。帶著它回家，彷彿沉甸的歲月回眸到三十三年前的，青春正好。

對畫

熄燈入睡前，習慣地向著客廳相對牆上的兩幅畫，道晚安。右是水墨的于彭，左是油畫楊興生，都辭世了。

前者比我年輕，後者比我年長，四十年前就相識，皆是可以真切交換心事的極少數知音；先後因病逝去，某一部分的我，彷彿也跟著他們死去了。

沉沉睡著的我，時而祈盼夢中見；男人與男人之間的談話，冷如水，熱如火；生前一杯酒，死後不入夢。

難道是怕我憶及青春時，與之交換生命悲歡離合、些許幽微的含淚輕嘆，彼此同消萬古愁？

夜深人靜，兩幅留給我紀念的遺畫，是否對話悄聲談起我？那個從繪未竟，轉折成文學的人……你們逝別後都好嗎？晚安。

我的淡水河

大器且慷慨的地產老闆，交待下屬的美女經理：林先生只要出價，頂樓那個單位就賣他！

非常漂亮的樓房十二層，向來喜愛寬闊露臺的我，初時不免在看屋當下怦然心動！猶若一座鋼琴般造型，位於紅樹林山坡上的華廈，放眼望去，淡水河靜靜流向內陸的臺北城。

只能回望，背向出海口？至少可對看觀音山……怎麼怎麼前景不向海？一座三十層大樓遮掩了觀音鼻尖了？問號萌生，背向淡水出海口，我多麼渴求面向太平洋與臺灣海峽的晨霧與夕照，何以再讓我佇立露臺，回看滾滾紅塵的臺北內陸呢？

淡水河幽幽，關渡橋紅紅。

年少時存在一個決絕且堅實的祈盼：住在淡水，面海的不渝之愛。

加山雄三

知心的大直友人寄來一則影片：日本明星加山雄三與臺灣歌手鄧麗君的合唱曲，帥氣和美麗的組合，一九八八年。

直覺的童年記憶——大稻埕延平北路第一劇場的黑白電影：「紅鬍子」。慓悍的醫生是三船敏郎，助手就是青春英俊的加山雄三。

這部電影的導演：黑澤明。

深刻未忘的記憶，彷彿永恆。

那時候，童年之我是小學幾年級？何以「紅鬍子」至今仍深刻未忘？

人道主義，救苦蒼生的懸念吧，猶如我半世紀接近的文學書寫；一部黑白電影無形中啟蒙我，以蒼生為念。回眸又是半世紀一過，帥氣的加山雄三，美麗已故的鄧麗君，合唱一首歌，華語前日語後，致敬。

五月二十日

三十年前，臺北城中分局的惡夜。

北上抗爭的農民憤怒拋擲高麗菜，警察換了土石羅織罪名，而後發布相片，譴責農民是：暴民。

李登輝總統不發一語，想是翹著日本時代，那名叫：岩里正男的少尉軍官的長筒皮鞋，喝著大吟釀或燒酎，看著子夜電視新聞，微笑。

我在現場焦慮著，採訪新聞的記者職能，自許一定要客觀、冷靜……嚼口香糖，輕慢不屑的電視主播笑問警察局長——何時要驅散？我們的ＳＮＧ等著現場轉播。笑意猶若節慶。

如狼似虎的鎮暴部隊，盾牌和電棍，毫不留情的打在靜坐的大學生身上！未忘的記憶，曾經留在我凜冽的文字裡，都三十年前了。

咖啡醒酒

手機時間：晨時六點十分。

不相信，何以拂曉未來，夜暗依然？幽幽深藍……墨水的顏色，確定和不確定的分野；思念隔著五公里之外的妻子，妳都好嗎？還在夜未眠，勤寫珠寶書，倒一杯酒遙敬妳，累了就睡。我說。

去年九月下旬的：馬來西亞旅次，為了探望病中住院的馬華作家林金城。首途馬六甲，後至吉隆坡，終於見到他。

六點二十分，天際線一片紫，掙扎著彷彿不情願天亮。未眠之我小酌，心想助眠卻逆反的醒著，一樣禿頭、帥氣的作家林金城，我竟而聯想到：捲起千堆雪的高雄市長韓國瑜……？三千公里外南國，三百公里外港都，祈盼一切安好，無事不生非。

早安。泡盃怡保白咖啡，醒酒。

篝火之冬

那年，尖石部落的：巫用、寒娜伉儷接待我抵達，入宿的盛宴是，獵取一隻飛鼠，冰凍的睪丸，是最驚喜的迎客敬意。和著小米酒，不敢嚼咬，我一口吞下，乒乓球冷硬的直通胃部……。

荷蘭豆、水蜜桃的林園，還是小學生的泰雅公主：邱松梅在燒暖的篝火後走近，像隻小蝴蝶。他們直說：跟你長得好像，如女兒啊。

二十年後回想，如果是女兒，我就是疏離的無血緣的父親，松梅成年後是新竹醫院的護士，而後結婚，我卻沒有接到喜帖。

那年冬天很冷，篝火很暖，燃燒的杉木泛出香氣；他們都入睡了，我還醒著，雪山山脈子夜的天空星光如此燦爛……二十年後遙敬一杯酒。

末題：十行詩

莫非，怕我傷心
焚你身，靈骨塔什麼地址
我想帶著白色桔梗花
去探訪你們……

生，離，死，別
喧，譁，安，靜
我都為亡故之人唸十次
《心經》猶若十次驚心
名字，留在文字裡
永恆的惦記，我還苟活著

舊金山的花朵

回來的時候，彷彿死過一次再逢生。

舊金山任教大學的朋友說——你以文學著作申請，在此停留、再唸書，讀一個學位再回臺灣，相信我。

一直就不是一個用心求學向上，認命地至少誠實的自己；我必須回去，沒說出毫不留戀的理由是——想念一雙幼犀的兒與女，對不起他們。

誠實。猶如文學懺悔書，不是任性的小說虛構，更非新詩的恣意迷離抽象；我這父親有罪，一直疏離了兒女。

如果，你來舊金山，別忘了戴花。

青春時，隨口唱起這首歌；告訴自己，就不要再眷戀了！舊金山再美，比不上我生身的老臺北……不知怎麼竟在明天將告別的漁人碼頭，藉著一杯龍舌蘭酒和肥蟹，向那女教授說：我要回家。

雨夜煙火

樓頭遙看，百貨商場那亮著綠光的摩天輪，暴雷似地放起煙火。

浪潮般人聲歡呼，湧漫入耳；新舊年交接的子夜零時，另一種驚悸的鳴笛尖叫——救護車急馳而近，穿過溼冷夜雨，又有人在老病的突發危難？還是有人車禍的一次不幸？

歡喜和悲愁，我何以只是怔滯，世情總如此，人間本多端……歲月一夢再一夢，秋與冬都要添衣保暖。

臨窗，玻璃冷冽地反照一朵又一朵的彩麗光焰，璀燦！瞬間消失。遙遠的記憶已不思回溯，卻如斷片般地若有似無，忽隱忽現。

我很好。靜靜的一句話，說給自己聽。回不來的過去，果然是煙火剎那；夜雨悄悄，再說一次：很好。

換鞋

登機之前，鞋底竟然剝落了？這雙放了幾年，說是英國名牌，卻是越南製造的牛皮休閒鞋，很少穿它主要是適宜寒帶踏雪的用途，外表還很新，鞋底卻如此不耐？

拖趿著，尋得候機長廊商店街，運動品店終於換購了另一雙輕巧的走路鞋，破鞋請店家收掉。

店家說——現在鞋底都採用環保材料，時限一到就碎裂了。是促進消費吧？我不解的問著，店家笑一笑，沒再答話，就換新鞋了。

在飛往北方的客機上，低頭看新鞋在腳上，翹腳尖，踮腳後根，相互認識吧；恍然大悟：何以今時難尋修鞋鋪？壞了就換新，也是時髦的流行……好懷念修鞋人。

新宿橫町

曾在東京留學的攝影家：張蒼松伴遊新宿之夜，咖啡之間，談及年輕時
打工，是拂曉時分在發送處綑綁剛從印刷廠送到，油墨未乾，猶然溫熱的：
朝日、讀賣、產經新聞……。

我想著寒冬雪夜時，一個臺灣留學生哈著脣汽，白茫茫的用力工作，勤
奮地為了明天的課業必須謀生。蒼松兄，那時，你的鄉愁很深吧？我問。
向來儒雅的攝影家，只是微笑未答，只說——帶你們去喫：一蘭拉麵。
新宿伊勢丹百貨旁地下室，投幣持單，一格一格，喫麵互不打擾。

幾年後，東京冬夜的新宿重返，在橫町拉麵店，醃筍片和叉燒肉，妻子
想起那一年我們和攝影家夜遊，無比溫暖的回憶——蒼松兄，請安。

雪金澤

兼六園在雪中一片白，沒有顏色，只有美術館前那紅與綠相間的現代雕塑，壓克力牆將人映照得不確定。

泳池下一方室，仰首是凝凍如冰之水，我在水下，成了裝置藝術一部分。只有知日通的妻子，自在的引領我行入近江町市場，那一隻隻煮熟後，遍體如紅寶石的雪藏蟹，依然張牙舞爪。

怎麼？我想到古代的俳人：松尾芭蕉。一六八九年七月十五至二十三日在金澤行腳，盛夏開的是什麼繁花？

拜讀：鄭清茂教授譯注《奧之細道》二〇一一聯經版，帶著如此的靜美加持，冬雪的金澤，終於抵達了。

東與西茶室，尋常的景點（昔時藝伎今何在？）至今回想的，反而是大雪中進入一家咖啡店，壁爐一盆火。

惆悵旅次

所以，旅人必得反思：何以身置最美麗的異國，心還是深切惦念原鄉？
那是最熟稔不過的記憶：最北的淡水富貴角到最南的屏東鵝丁。
海水簇擁著，生死以之的島國。
旅人在數千里外，想念而落淚。
綠皮護照，靜靜地收在隨身包最底層，那是離家與回家的印證；所有海關，驗證之時最安靜，旅人漠然的眼神、關員要求按指印以及面向攝影機，其實是茫白之眼。
出境和入境，都是惆悵的心。
心事、回憶都在這一刻出現了。
終究是，孤獨的自我一個人。
應該在隨身包裡，放一本空白筆記本，兩枝筆（怕一枝斷水），不論千、萬里外的陌生之旅，記得寫下心情。

陪伴

很久不見的教授朋友，辭卸要職，淡定地理由：照顧九十一歲高齡的母親。報紙的近影見到他。

子夜零時，久未通話的小說家的低沉聲音，從兩百公里外傳來：雙親都九十歲了，老父一直都病著。

電話兩端的他和我，同時輕嘆。

互道新年快樂，結束對話；夜更深了，簷滴音清晰著細碎的片斷……忽而隱約的，緊張？一牆之隔的主臥房，九旬的媽媽睡得安好嗎？白天向著電視屏幕中的人，招呼、對話（自言自語……？）一分靜好、安靜的自持，母親，您，快樂嗎？

已經穿越六十歲的我們，陪伴高齡九十的至親，心情相與老去幾分……是啊，陪伴到最後。

紅燈總是禁制

讀秒，如果不趕時間，行走或駛車之時，但見那交通號誌呈現的數字……？阿拉伯人的智慧不可低估，沙漠民族用數字統一整個地球。

心跳的節奏與脈膊的跳動：1，2，3，4，5，6，7……默唸在內心，事實是一種不安和迷惑。所有等候紅燈換綠燈的心情，也許都是焦慮著吧？因此必須學會悠哉自在。

自我療癒的過程，想必。

夜雨悄然，不經意望向窗外巷口連接著十字架，總是禁制的紅燈？暗示些什麼？安全。他們以此馴化人類，一種律則、循序的相互約定；綿羊般群體的合宜動作，看不見的上帝也是這麼說。

血般刺眼之紅，死的隱約預告。

花氣襲人

讀不完的：《紅樓夢》，其實最動人的描寫是「性愛」的赤裸。襲人。我深刻記得此一美女名字，一朵芳香露滴的花朵，脫掉她的衣裳，一絲不掛的雪膚凝脂，賈寶玉外表是柔弱男身，事實在發情之時，是一隻掠奪處女貞潔的色狼。

幃幕之內的性愛，欲生欲死，古代的奴婢任主人狎玩，猶若桌間多寶格：碧璽、珍珠、白玉、翡翠、珊瑚、琥珀……吸吮、套弄、插入。

不必假道德批判同一個時代的《金瓶梅》是淫書，深院庭園的《紅樓夢》亦是性愛的大觀園。一切都如冬雪映掩，說與不說儘在不言中；花朵般少女襲人，呼喊的，是性之極樂或愛的悲傷？

祕戲圖

異國博物館裡，陳列的中國明、清朝代的木刻版畫，儘是春宮畫，男女交媾的日常顯影。

夫妻恩愛、偷情外遇，人世間繁複的夜間生活，夜未央，性在前，愛在後，或者是有愛，性會更圓滿？淨身的和尚如若見及：祕戲圖、春宮畫，只能口唸：阿彌陀佛……凡心動否？淫了櫻桃，壯了香蕉；這樣直白形容會下地獄否？

但見，沒有腰身，只有陰與陽的性器極其誇大的顯示；佇立在異國博物館的我，臉不紅，心不跳，淡定地一一流覽走過。

就是日常行事，日與夜都在發生；傳宗接代不就如此？我只凝注於落筆的線條和顏彩，那是異色的古代。

機窗外看

接近一種情怯的
即將抵達
有個人在殷切等待

穿雲越霧不清楚
被凍結的沉默
還是想為等待的妳寫一首詩

瀨戶內海吧？暮色灰藍
島群，安靜或喧譁
像孩子一樣的入睡……

母親十七歲是什麼模樣？
她忘記微笑是怎麼回事
基隆河蜿蜒的流著

送行日

下一刻，八十三歲的逝者要進入火中，天堂或地獄就任他去吧，一生一本書，何以這詩人更擅於散文的告別式。審判日，基督教定論對亡者一點都沒任何意義，佛家說得好：無我。

我敬謹，邀請前來悼祭送行的前輩作家們說——我們去喝酒吧。淚水，忍不住，還是流了下來。

臺北市中山北路二段：國賓飯店一樓阿眉廳咖啡座，半小時之後相見，我說。分別上了計程車。

你的少年島鄉：古名「方壺」的澎湖。我的永恆出生地：臺北大稻埕……一直沒去看你，因為我，情怯。

落地窗外，那古老的日式池塘，錦鯉、烏龜沉定的望入窗內，送行的再一次儀式——沈臨彬，好好走。

卷五　沒有意義的記憶

波蘭被單

那年，母親從東歐回來時，特別提起：波蘭。提到去看了一座二戰時的集中營，德國人用毒氣殺死猶太人。

在眾多美國電影，關於二戰主題的演示，只思索不解的是：希特勒。更不解的是在臺灣解嚴前後，多次為他在競選市議員、立法委員助講的我，往後成為首都市長乃至於千禧年後的總統，年輕時短暫入獄，他的床頭書竟然是：希特勒《我的奮鬥》？我問過他，他笑而未答。

波蘭，我未曾抵達。幾年後我在美式大賣場買到波蘭出產的被單，白底藍花紋，就這樣時而在冬夜裹著內褥溫暖羽絨，燈下讀著詩人：辛波絲卡。陳黎的譯筆真好！而後深睡了；母親那年去了：奧許維茲。

白馬

白馬像個迷途的旅者，整個場影就像一個醒不過來的夢。

——葡萄牙，科英布拉　一九九六

阮義忠的攝影年曆，他寫著一段如詩的感覺；有鹿文化印行二〇一六年曆，一直掛在我書房兼寢臥的房門內，不捨更換，實因影像多美。

同時見他在旅途中，乍然見到一匹白馬，而按下了膠卷相機的快門……

二十年後，白馬還活著嗎？或者和攝影家同般老了，我也是。

對於美和愛，都是如此決絕的不妥協；公理正義亦然。前者堅執未忘，後者如風中之燭。

我在月光下，另見一隻白馬，那是未曾抵達的蒙古，席慕蓉油畫。

好意。不同意

評家說：他是個存在好意的人，好意到我簡直不同意。

明確剖析：他者比自己還了解自己。

撥雲見山，穿雨看海。有時極力索引真相，有時寧可隱匿在迷霧中；人生終究是徒然苦心一再研讀的奧義書，放開以及抽緊，猶如樂曲者撥弄琴弦，事實最怕走音、弦斷。

日常的好意，相異心靈的面部表情，微笑是由衷的善意，沉默是思索的評估，抑或是撲朔迷離的不確定……群體的笑，其實最虛泛，下一刻鐘離群後，單獨一人時才是最真正的自我，好意？也許，不同意。

腦中的海馬迴是靈魂斷難解析的奧義書，因此評論家也是深邃的哲學者，我想了好久好久……。

掩映

深睡中，夢還在辛苦思索文字。

我一再反詰夢中的我——似乎，曾經，依稀，彷彿，好像……書寫過意境如同的字句？卻又陌生的初識。

猶如一個容顏浮現，但叫不出人名。你，是誰？誰，是妳？在爭辯的凜然場域，在安靜的溫柔情懷。

潮音或松濤的異國旅店，夜深的窗前，紅葉秋天了，運河水光掩映月色，三百公尺外就是海接壤，那朱紅色古典的彎橋兩岸種了我叫不出名字的花，白白得像，雪。

我只想純然入睡，請託擾人之夢不要來。已寫一生多少文字了，請別再勞煩夢中之我，還在苦尋索引，最美麗也最蒼茫的，不知所以的侵入，請告訴我花的名字。

Independence

十二個英文字母，慢慢地拼音，從一到十二……尾音收起，卻彷彿是最輕也最重的，微嘆了。

從前在學校的英文課程裡，這是陌生少見的字彙；外語教授在我私下提問時，笑著片晌沉吟未答，直視我遞上的紙條，明顯訝異、滯怔地表情，終於拍拍我的肩膀，說了——同學啊，這字詞在臺灣是：禁忌。

不就是：獨立嗎？我，疑惑再問。

你要說：自立。教授灰白了臉色。

很多年後，我在七年職場的：「自立晚報」快樂且積極的工作，報頭上堂堂正正的英文譯名：Independence 離開了報社，因為被殲滅了。

理想，事實一直不真正存在臺灣，於是眼見耳聞的口號，是如此虛無。

重逢：蕭洛霍夫

如果以文學論文學而言，蘇俄作家：蕭洛霍夫 Mikhail Sholokhov 的大河小說《靜靜的頓河》，果真是不朽名著。這位生於一九〇五年的哥薩克人，卻是共產黨年代最擁護獨裁專制政權的，御用作家代言人。

指控：巴斯特納克的異議，禁制：索忍尼辛的書在國內印行。

依附政治當權者的：秀異小說家，所思為何？由衷信仰的意識形態，政治正確的榮耀所求？

閱讀厚達兩千三百頁的皇皇巨著：《靜靜的頓河》，純樸且強悍的農民、壯麗而遼闊的大地、美麗又哀愁的愛情、內戰和抗外的英雄史詩……豪筆永恆留下。

靜靜的頓河，明暗的作家。

戰後的酒

相互交換的高粱酒，透溢著匕首般全然透明的冷冽，北與南，被敵方大地猶若蟹螯鉗制的小島。

如果，敵人軍隊大量登陸……。同樣血緣、語言、文字、文化的人們以近距離的刀槍殺戕彼此；是延綿的百年內戰，還是入侵？

海，永恆的沉默，色澤如此憂鬱。應該有一首歌謠，從百年前祖先吟唱至今的記憶，而後靜謐地以高粱釀酒……高粱田隱密之處，男與女貪慾的歡愛，不可說。

於是，寫到上一段的我，決定以全然的致敬，交換北與南小島精釀的高粱酒互相品味。從前的礮戰，血和淚，愛與死，你還在嗎？兩杯酒，虛妄的歷史，荒謬的家國之夢。

母親的孩子

他，吮吻女子的乳房，碩大的柔軟撫挲，像年輕時候初次接近大海，潮湧澎湃的接壤，那不確定地迷醉，彷彿母親的餵奶之時。

這是寂寥的人間，茫惑的不知所措；女子輕微哀嚎，莫非也想到遙遠的母親？而自己已然是生育過孩子，是個驕傲母親的身分……少女時代，妳思春一個男人。

因為極度悅樂，女子自然的流下眼淚，思忖著——這是我的男人，猶若我子宮十月懷胎，漂盪在羊水中的孩子啊！她，哭了。

只有男女交媾一刻，生命最真實。不虛偽，不道德，他想起母親，她也是一個母親。

相擁入睡，合而為一。

麥片之純潔

圓形鋁罐標明：滾水泡麥片三分鐘可食。猶若經典聖諭：三分鐘，油膩膩的日式泡麵也是一樣。

你，都試過，只要手背別不小心燙到熱開水……夜深人未靜，不想說話的脣舌，只想吞嚥一份寂寞。

純潔的麥片，堅韌又柔軟，想起青春時初吻的忐忑不安；從未諳知往後人生，成為怎樣的一個人？

很多年後，佇立在異國漫無邊際的麥田之前，從稻米之地前來之你，怔滯於金黃如晚霞夕照的他鄉海岸，像浪潮般擺動的麥禾。

純潔的青春，碎裂的逐老。

今時，斷然不是初時的祈盼。

紀德名言：一顆麥子死了，還會生出很多麥子。拂曉前，我沖了麥片。

美麗與疏離

我收到一封陌生的女子來信，就在三十年前報社工作的編輯檯上——我離訣的丈夫是你最接近的文學摯友，他失蹤了。想問你，他是否外頭有女人？請你誠實告訴我，或者是，你們男人總是坦護著同樣的男人？

昨夜喝到拂曉前，伊通街小酒店，她那寂岑少言的「失蹤」的丈夫，面對時才剖心傾訴和疏離的美麗妻子早已分居五年，難以說出的苦衷，妻子推開曾經渴求愛慾、挪近的熱炙愛撫之手——

孩子，都給你生了，還要怎樣？

妻子那美麗而殘忍的怨毒眼色，但見老友彼時訴說，是如此絕望。

擬摹而後創作

郭松棻在遙遠的大西洋外，保釣熱潮一過，幻滅於被臺灣、中國出賣的覺醒之後，用心閱讀七十年代鄉土文學論戰前後的臺灣小說，毫不避諱地寫出凜冽的批判——儘是，擬摹。

四百年來，臺灣島，還是被殖民的心態。哈日，親美，仇中？文學擬摹的是：馬奎斯的西方，村上春樹的東方……回歸鄉土本能吧，儘是詩人筆下自怨自艾的：「我們是番薯，被豬踐踏。」哭調至今唱不完，哪怕臺灣人自主執政時依然是回溯二二八、美麗島……暗地悄笑，掠奪同胞。

曾經反對貴族，自己樂成貴族。

不讀文學的政客出版回憶錄。

我是：臺灣之子。我是：臺灣女兒。

新世代作家啊，是否寫出這虛偽的不幸？

網紅，虛無

詩人滿天下，自印兩百本
送給親朋好友
用印，題簽……我也有一冊

莊重倒杯酒，用心拜讀
非常虔誠準備一顆心
碎了一地的鉛字，說是：詩

？？？？？——問號反問我
懂不懂這些所謂「詩」呢？
睡中惡夢……求饒的我

不懂的讀者之我不會裝懂
詩人？遊民般閃過
虛無漫布的爛詩，他們叫：網紅

蝴蝶

陽臺種花，妻子如此殷勤
有月的子夜，花就更美麗
隔著丘陵，明白丈夫的思念

渴望深睡卻又撕裂……
孤獨地獄的芥川龍之介
焚身的女兒成全父親一幅畫
我絕對不做殘忍的父親

蝴蝶飛來似芭蕾伶娜
動態之花，靈魂告解
流下眼淚悼念最青春的我

睡著了

你必須記得，我至愛的兒女
手術房的醫師拔去手套
沾滿鮮血，我無言的遺言

天使鼓動翅膀
原來啊，只是一隻鳥

謊言也許只是善意
惡地形說是最豐饒
走過豐饒的田野，一本書

那是陌生回眸
你流下眼淚，未知睡著了

醉之詩

醉不語反而格外清晰
紅酒喝後威士忌
溫泉浴身的放懷裸體

忘記妳，記得妳
記得我，忘記我

原來初次相互敬酒……？
千山萬水，我陪你走
那年大雨午後妻子如此說

荒謬的童話，現實的日記
清晰在醉後，想念妻子

截彎取直

因為洪泛吧，決定截彎取直。

種植田園的貧農，忽成巨富；燒磚之人必然安穩樂收政府補償金，自然的河道消遁，人工的河道是剖開百年田園，河泣不聞。

九年前的大散文〈魚龍前書〉我探索著基隆河流經大直段的前世今生。對照原來的地籍圖，名之：大彎段。如果不是昔時的大將軍、行政院長郝柏村下令的：截彎取直。今時我所住居的窗外，應該就是一灣河水。

土石掩埋，魚蝦貝類的生命沉痛，鋼梁打下地底七十公尺，猶然是柔軟爛泥……是啊，千萬年前溼濡的原初河道，摧毀了魚蝦貝的原鄉，它們不是生命嗎？

一百年孤寂

一九一八年，俄國大地的保皇黨與列寧的布爾雪維克內戰，前稱：白軍。後是：紅軍。彎刀和槍炮對決，雪地的鮮血殷紅，革命就是同胞相互毀滅。

二〇一八年，臺灣海島的ＤＰＰ與ＫＭＴ以人民投票方式內戰，前是：綠。後稱：藍。謠言和抹黑對決，香蕉和番石榴遊嬉，謾罵是表演，同胞看鬧劇，反正晚間八時後，都是可笑連續劇——誑也搬戲，憨也看戲。

臺裔美國人如救世主，指點江山；當年父親引領扶桑占領軍入臺北的臺裔日本人，日後三代富貴的鹿港家族，高喊：臺灣獨立！怎麼都是擁有外國護照的臺灣人（？）在愛臺灣？

蠻橫的中國如若兵臨城下，請你到桃園機場，冷眼看他們安然離境；我是美國人，日本人……他們說。

蕈狀雲

晴後，竟忽而陰翳的雨雲？

我在日本廣島，敬悼一九四五年第一枚原子彈落下，八萬條人命同死於不可逆料的上午時分……。

騎單車送牛奶的打工大學生，靜靜登上電車的上班族，父母疼愛的小學生，剛用過戰時管制，稀薄但溫暖的早餐走出家門要上學。

天空一抹閃光？以為仰首看去，一架孤獨的美軍 B-29 轟炸機（撒招降日文傳單的吧？）不在意，不理會；廣島市民以為是日常之安然，閃光後是熱焰，地獄降臨。

一再重映的：巨大蕈狀雲。

很多年之後，九十歲的 B-29 駕駛員哭泣的向上帝懺悔——我不知道一枚炸彈，殺死八萬個人？

大天使

是不是：達文西畫中那眼神漂移，決定出賣神子的背叛者，猶大？不朽之繪留在義大利米蘭的教堂牆面：「最後的晚餐」。

神子（真是上帝之子？）被羅馬軍人釘死在十字架上幾日後……（聖經說：耶穌三日後復活？）背叛者猶大自殺吊死在一棵樹上，真假難辨。

永世的，不得懺悔的，被詛咒的罪名。存在或不存在的「上帝」：耶和華先生，據說救贖了出賣耶穌的猶大，命立他作為：大天使。

兩千年以後的電影，還是不相信的質疑或扭曲故意呢？大天使背後的羽翼不是天鵝的溫柔，竟然是魔鬼撒旦尖銳的蝙蝠刺膜。

聖經？魔幻寫實的暢銷小說。

磅秤上的貓

虎斑貓，瞇著眼，跳上門口那老式的磅秤，悠哉淡定如哲人。

我問起這家依然保持著老式雜貨店主人——貓仔真乖，從何來？幾代務農、燒磚的在地臺北大直人笑答——都是路邊撿來的，那時發現貓時，被丟在垃圾箱旁，嚶嚶嗚嗚，只有老鼠大小。

仰然、淡定，如同王族般，漂亮而凜然的虎斑貓，不懼人，撫娑之時不閃躲，端坐在磅秤上猶若古埃及博物館，神似的莊嚴。

虎與豹……臆想如果這隻貓去了非洲大草原，遇見同是貓族卻身型巨大的同類，如何應對？

堅持血統的典型吧……千年萬代之前，貓眸靜靜看人間；戰爭與殺戮，巧取謀奪，它都不在乎。

口袋小書

羽絨衣左側口袋，送洗時秀緻的洗衣店女主人忽然驚呼——怎麼塞了兩本五十開本，薄薄的詩集：鄭愁予《夢土上》、瘂弦《如歌的行板》；我記得，帶著詩集去旅行。

一九九六年洪範書店：「隨身讀」系列，六十四頁掌中書，甜美價格：三十九元。

多麼遙遠的，曾經驚喜地獲取，雋永文字，美麗詩句……更早前十九二十，鄭愁予是傳奇，瘂弦是學生時代，唯一不逃課的戲劇學老師。

一杯紅酒吧，助眠。越洋夜航的長程飛行，所有的航空公司都一樣，經濟艙是桌餐酒，商務艙未必，嗜酒三十年之我，入口就懂得。

三萬六千呎高空，窗外一片黑暗；我靜靜讀這兩冊小詩冊，真好。

染髮

臨鏡，蹙眉的不安以及突然萌生的，厭惡自己，因為白髮數莖明顯提示年華，青春漸別了。

日子猶是少女？心底否認著，凍死在人跡罕至的高山地帶，自拍換穿比基尼的登山女子，在跌落四十公尺崖下，可能骨折、割傷的嫩膚美腿，那險惡當下，她想到什麼？應該回到繁華、喧譁的都會，在家居附近的咖啡店靜坐下來，等待心愛的男人到來……夜晚狂熱歡愛，欲仙欲死，怎麼是山中呼救在兩度低溫，連星星都無助的落淚？

臨鏡，看見幾莖白髮的女子剛從子夜電視新聞，知悉這登山女子的不幸；她的愛呢？茫然自問。

明天，去染髮吧，悼青春。

紙，歸回樹

夢，如此異樣的符合內心長年以來的祈望。幾乎是熱淚盈眶的眼見，所有的書都自行撕開被棉線或鋁質針釘的束縛，一頁一頁飄飛如晚秋的落葉，而後回到樹的懷抱。母親的子宮，溫暖、安適的羊水。

只要讀過，就是閱覽的完成。自然的葉片，春綻初芽，夏時璀燦，秋日泛黃，冬冷枯眠。感謝樹木獻予紙張的潔淨，印上文字，佛經，古蘭經，聖經，三教合一都是生命深思、懺情的大智慧……文學呢？自始是異端的不斷詰問——為什麼？為什麼？

本源的最初，純粹的回歸，人之所以為人，書一冊又一冊，日以繼夜，靜靜讀，心有所思，入夢。

粗口的悲哀

相信我，有時難以忍抑地破口咒罵三字經……其實幹話是給自己。

這是一個什麼地方？相互謾罵、指責、抹黑、誣陷；三十年來內戰不休的：不正常的國家。

衣冠楚楚，學歷豐碩的手握話語權的：政客、名嘴、主筆。我認識他們從前的才情，卻不諳且漸去漸遠的陌生。因時而作，察言觀色，祈盼以身臨幸執政者的愛撫、招安。

不由然的粗口惡語……悲涼地事後，才知道其實是怒責自己。

我，餘生再也沒有能力了，倦怠到隱約浮現的：自戕想像。沒有比臺灣更虛矯、造作的地方了。

婆娑之洋，美麗之島？

我又罵一次，回音無聲的靜默。

昔影留一人

臺南縣北門鄉南鯤鯓廟，八十年代夏炙都穿著短袖的四人微笑合影：高信疆、林佛兒、林清玄、林文義。每年一次的「鹽分地帶文藝營」，還年輕的我們來講課。

微笑。文學的美與暴烈，人民與土地的堅執書寫；那是一個充滿希望與志氣、理想和信念的年代，解嚴之前不懼的理所當然。

嘉義以北，可能低溫到十三度左右，臨睡前電視新聞再提醒。而後是文學前輩的 line 告之與我同姓同年的散文好手走了，走了……？高信疆辭世，林佛兒告別，與我同年的林清玄也離開了？三十年後此時，難以置信。

回看合影，苟活的我，很悲傷。

熄燈號

拉開外傭伴隨九旬母親入睡時慣性的拉攏客廳窗帘，時而就是讀或寫直至拂曉天光乍現時刻；丁香色的六時初晨，我應該入睡了。

何華仁的鷹圖貼紙在玻璃窗上，隔著幾重山的星夜和朝雲，向他道：早安。客廳的立燈，我慣性的按熄，幽幽泛青的晨色閃入。

日子接著日子……靜默的我。

時間已經不是時間了，林懷民先生的一句話，我抄在日記本前頁——

感覺：生命在慢慢離開你。

慢慢離開你……也離開我。手寫鋼筆字，老派形式堅執之人，拂曉熄燈；早安。對自己說著。

表演

回到妳大學時代的：臺北西門町。

成都路直直的盡頭是通向二重埔的中興橋，新店、大漢、淡水河流域交叉之處；妳應該徒步上橋，靜看溪流交會，遠方左岸觀音、右岸大屯，就在妳抵達時，安全護衛已完成了。

笑著對成群如蟻的媒體說著唸臺大法律系時，逛西門町喜歡在城隍廟對面的「南美」喝咖啡（那麼六旬之年重返，妳再喝一盃否？），手持「老天祿」滷味，啃著鴨翅膀、嚼著脆腸……我不相信妳的自然自在；總統女士，為了連任，配合演出。

相信妳是善意，親近庶民的微笑，並且樂於合影留念，但就是那麼的，不自然的造作，辛苦了。

不必直播，不扮網紅，忠實自我，最好。

帶箭怒飛

坦白告訴我：這不是真的。
時間是一九九七年四月一日，愚人節。
問我話的長輩是敬仰的柏楊老師。
回答我啊，文義。這不是真的。
十二樓上眾聲喧譁，男主角失蹤。
酒宴豐盛，我沒有失禮只是稀微的茫然……送柏楊老師下樓，他卻抓著我手，抓著那麼緊密，隱約急切的痛！我必須和你好好談談。他說。
一樓左側咖啡座，兩盃咖啡對坐，我低著頭，愧然的默言了。
柏楊老師持贈一本林白版新書《帶箭怒飛》，封面照片是野雁腹下被箭射穿，依然帶傷的勇敢飛翔——像你啊！文義，你就是這隻雁，是吧？
我，終於流淚，頷首了。

沒有意義的記憶

時而憶及：詩人林彧送我的這句話——沒有意義的記憶。他真切的說：下一本你的散文集，就用這個書名吧。那是二〇一八年二月二十三日，雨後初晴的詩人原鄉南投縣鹿谷鄉咖啡店的午餐時間。

沒有意義，何必寫下記憶？

一再來回思索，不解其意。

啊，恍然大悟！這是一句多麼雋永的詩句，僅用一行詩就可囊括人生的悲歡離合……禪悟般大智慧。

露珠晶瑩的滾亮在鹿谷山谷間野生巨大如傘的姑婆葉脈之間，剛出版詩集《嬰兒翻》正在勇健復原，年方六旬的詩人，如此知心的在咖啡香中，多麼真切的了解我。

審判

在動亂和墮落的年代，弟兄們，不要審判自己的弟兄。

——蕭洛霍夫

很多年後，幽然憶起二〇〇五年前後，我決意不再聯繫，昔時如家人般地老友，凜冽且絕望的告別他們。

貪腐的執政者，彷彿舊俄時代的保皇黨，竟然是我半生目為知音的人，被賦予權位及酬庸，當下的任務是：殲滅彼時作為評論者之我。

向來與人為善的我，終於明白了過來；是啊，利之所趨，不必格調。感謝多多，讓我全然澈悟了。

你，不會受傷的。事後他們說。這句聽似勸慰我的話，就真的再一次刺痛了我；苦笑揮手，無言以對。

卷六　美麗就是抵抗

四十年前冬夜

一九七九年十二月十日，高雄美麗島事件，催淚彈不是驅散而是包圍……戒嚴時候的警備總部，十足惡意的誣陷陰謀，就是要一舉殲滅方興未艾的黨外，理想主義的民主運動。

那時，我在報社一片鼓掌賀喜在第三天大逮捕的翌日夜晚，突兀的茫然和孤寂。政治組下標題：「叛亂」大大的，沉重的厚重黑體字做頭版？……火把，可以是「叛亂」的武器？應該是步槍、火藥才是吧？有這麼石器時代，笨拙的奪權者嗎？

深夜下班，我步行長長一段路回家，那時還未學會抽菸，卻忽而想試試那味道……所有去高雄抗議的黨外人士都被逮捕了，只逃掉：施明德。一星期後，我決定辭掉報社工作。

男身，女體

請別錯亂，堅執所愛，男與男，女和女，都是愛的原初，偽道德不必。

請他喝酒，學生終於流下淚來。謝謝老師，我終於可以坦然去表露對他的深情。我說：做自己吧。

美麗女子，像自己的孩子。帶著另一位同樣嬌豔的女子，問我——老師，我們，可以相愛嗎？

做自己吧！我回答。

學生願意如此勇敢的問我，這就是真愛無敵了。生命最真切、摯誠的意涵，不礙他者，像荒野中不必被看見的花朵，兀自開兀自美。

兒女般的孩子啊，男愛男，女愛女；自然自在自得的光明磊落，本能自覺的情愛認定，不是古老律則必得遵循，做自己吧！我說。

停滯一老人

紅燈隱滅，綠燈亮起。車前窗停滯不前，拄杖老人茫然佇立在車潮頻繁的斑馬線上竟然止步了？微微顫慄的向前一步卻又縮回，我熟識他，老將軍。

曾經，如此慓悍，何等豪氣干雲，我服役時承蒙召見的軍團司令官，赫然的二星中將。

年輕人啊，請一定記得，有一天我們要成功的，反攻大陸，解救同胞。請我喝茶，問說：抽菸嗎？遞了一根古巴雪茄，我婉拒，將軍笑了起來──男人抽菸才像男人。

車窗前，今時我是比將軍彼時更長的年歲，不忍地與他在不知所措的十字路口巧遇，畏顫、遲緩的走不動。

勇敢的走過去吧。我喊著。

半島巴爾幹

他們餵我一杯熱炙的草藥茶，因為冬雪冰冷，感冒，發高燒，昏沉地軟弱，以為就要死去了？

相異民族本一國，何以形成內戰？手持俄製 AK-47 步槍相互射擊，姦淫敵方的女子，甚至殺害老弱婦孺，病中之我不相信。

怎麼身置離家七千公里外的異鄉？不曾告知家人、朋友，我是自暴自棄的跟隨外國記者隊伍抵達這陌生之鄉；基督教和伊斯蘭，信仰相異，竟而同胞相殘。

怎麼會意外來到這內戰的陌生半島呢？旅人心態大過想了解宗教之爭的千年糾結的緣由。

夢，鬼魅般浮現。岩壁千尺上的教堂，左側牆下一叢番紅花。

遺忘

一定要全然遺忘，這是一個彷彿被天譴的島，表層溫馴，內在殘忍。支離破碎、零落片斷的歷史，是殖民霸權所定義；變造且虛幻的神話，一半真一半假，都是在迷霧中。

移民先祖高喊：「革命」？事實僅是土地爭執、族群相異……百年之後，積非成是，人云亦云。只有這島嶼的原住民最沉默，不相信：歷史。

Formosa？南歐的海盜如此命名這東海岸所見之島，我們沿用至今四百年了。我最厭惡這輕慢、戲謔的葡萄牙文，我們的自主性呢？

遺忘吧，忘卻最好。回眸迷霧般的島，事實真相究竟如何？

點燭，喝酒……夜如此深沉，排拒那謊言如神話的歷史，悲哀。

假死之眠

不曾寫下遺囑，睡中心肌梗塞？竟然別世了……你的家人向新聞界如此宣稱，淡定的，沉穩的說。

病兆怎般都無所謂了，死是事實。什麼豐功偉業，什麼慈善奉獻，死去，煙消霧滅，都不存在了。

睡時如假死，看見了什麼？

波特萊爾死了，芥川龍之介自殺了。我所厭惡的夢侵蝕而入，非常痛楚的是，陌生情境，不識的風物和人群；別讓我留在記憶。

據說，死後黑暗中，一道光？

那麼，請容我全然入眠，絕對的：假死。意識一丁點都沒有好嗎？人生太累，你認為呢？

深沉的：睡眠。三千年前埃及，我是：木乃伊。

心事

電話兩端，互訴彼此沉鬱的心事，沒有觀點誤差的距離。

原本只是久未相見，僅為了單純的舊歲賀年，怯於說起政治，還是未忘對於島國未來前景的憂慮，終究聊起了今時的：政治的困境。

好久不見的大醫師，每晚的電視評論節目，依然勇健、自信的縱論解析；先知向來就是寂寞，長年他的預言恆是一語成真！睿智的評言，卻不容於一個低俗、權與錢唯上的，曾經極力眷顧且全然奉獻的本土政黨。

彷彿面對行刑槍隊，馬奎斯小說筆下的：布恩迪亞上校。

一通互訴心事的電話，傾談之間還是些許的輕嘆，尊敬的沈富雄先生。

午夜之子

夜靜人稀的街角，伴著未眠者寂寞，是依然亮著店招的超商。

夜班的帥哥店員在沒有客人的時刻，忙裡偷閒的在電動玻璃門外抽菸，有時，美麗的女友伴著笑語。

小帥哥，很冷哦，加外套。

謝謝叔叔，我很好。

我這叔叔是幽靈般的陌生人，年已晚秋慣於在長夜讀或寫之餘，外出到街角的超商，菸與酒、便當或泡麵……午夜之子，他也是。

經常如此對話，寒冬十三度低溫，青春的店員竟然只是短袖T恤，我總是像看見自己孩子般地不忍。時薪計酬，打工勤勞的孩子，奮進於青春無怨，學習獨立自主。

夜班的超商孩子，叔叔謝謝了。

探索

終於了然慧黠的張瑞芬教授，評論我的《二〇一七私語錄》爾雅版日記書以窺視「行車紀錄器」的隱喻形容。

半瓶紅酒陪伴電影臺，十分鐘一次廣告，卻耐心不換頻道的靜待異質、難得一見的臺灣好電影：「大佛普拉斯」。

慈顏善目的大佛金身空蕩的內裡藏匿著什麼？大法會中虔誠祈福的信眾閉眼吟咒之心，光影明暗的閃過突兀的受想行識……黑的一束詭譎？

我的文字，三言兩語是大哉問嗎？不忍的、不想知諳、最好是全然忘卻的記憶；其實不思不想，或許等待過幾年逐漸失智，就無惑無罣了。

文字探索人性，彷彿臨鏡般地反思自我，猶若電影中那尊大佛的內裡，藏匿著祕密，我卻想明澈解析。

勞改營

獄卒呼喊：熄燈！入睡！不准交談！入夜九時，整點的命令，日日月月年年……就借著鐵窗外的一抹月光吧。

他擅於外文，借著稀微的月光艱難的讀與譯一冊四十開本的原文書；似小說也像回憶錄，那是曾經由衷信仰，信仰卻背叛的心碎、瀝血的過程。

一切都在無垠的黑暗中。他格外安靜，年輕但被摧折的眼神，灼亮如純淨的星光，握筆堅持，如雕刻刀般地一字一句，寫在彌足珍貴的，盡可能找到的空白的紙上。

身體被禁錮在黑暗中，因為讀與譯，心靈卻自由的飛翔到遠方……那黑暗年代，蘇聯叫：古拉格。中國是：北大荒。臺灣：綠島。

Blue Eyes

藍眼睛的雙面後裔，在優美如詩的筆下，不論她們豐饒華麗的青春肉體抑或雪夜無聲的靜靜哀愁，都像時間之手忘了將沙漏反轉，純白如雪的細沙凍結在彼。彷彿遺忘。

——《藍眼睛》二〇〇三

這是我第二部長篇小說，封底簡介的文字，據說出自：駱以軍之手。多麼意外的溫柔？這位秀異的小說家無比義氣、慷慨地為我實質在小說寫作上依然陌生的印刻版新書寫了封底文字；猶如一首雋永的散文詩。

Blue Eyes 不忘的是半世紀前大衛連改編自巴斯特納克小說：《齊瓦哥醫生》，死在麥田那少年，眸光閃亮。

意識型態

上一刻鐘，明顯呈現明亮，下一刻鐘，竟然全然遺忘？我，懊惱了起來，星閃以及雷電剎那的不知所措。

我，正在寫作。拂曉天光乍現之時，一定要擱筆入睡；的確是懼怕那由黑轉紫繼而微橙的隱約晨色。

思索，是非常詭異的陷阱。昔時左與右辯證，今日藍和綠分野，理念相互糾葛，相信不相信，可能不可能？不是有前人如此慧言——可以關心政治，政治不得干預文學。

什麼是：意識形態？鬥爭是為了什麼？理想，信仰，復仇，虛妄，權勢，財富，貪婪，偽飾，死亡。

我，正在寫作。文字存留的不就是一生堅執的質疑嗎？自問。

去他媽的：意識形態！我說。

童少時代電影街

五十年前的：臺北武昌街。

母親在電影街經營咖啡、冰果店，位於如今依然廢墟一直未能重建的臺北戲院（我的一本書：有鹿版《最美的是霧》其中一帖散文〈少年西門町〉紀念童年到少年時代。）和對街的日新、樂聲、豪華三家戲院，陰影於心直到初老此時，偶現夢中。懼於學校放假的週六、日兩天，母親押我到店裡，蹲踞在溼濡的料理檯下，洗不完的杯盤。

童少之年，我不知道休假是什麼？不怪辛苦的母親，日後的期許，她的奮力給予我衣食無缺的安逸生活，這是值得非常感謝的溫慰。

倦眼回眸。五十年後和妻子漫行武昌街，電影院還在，我已逐老。

戒指花

你可知道嗎？那，戒指花，
美麗又無瑕，你會珍惜她。

幽玄有夢，竟然兀自唱起這首歌來了。清晰地知道改編自韓國的古之民謠，卻忘了填上華文歌詞之人到底是誰？夢醒時，一片稀微如露水潮般冷冽流過，片斷的吟哦，在一時之間，自我卻沉默了好久。

難道，只能借著久遠的回憶？

沒有意義的記憶。詩人林彧說著，如此凜然，何等真切！我一直想起這句評言；他的期許是多麼溫暖且知心，盼我徹底遺忘從前，所有的愛恨情仇，悲歡離合，都是往事如煙。

花是粉紅或雪白？戒指花序不曾見，就是遙遠一首歌，我記得。

唯美是抵抗

奧義的文字一道虹
虹影是擦拭去
不存在的哀傷淚滴

堅毅的騎士決定
斬斷惡龍的脖子
血色如花，養育大地
薄雪草冷，番紅花熱

文字是亞瑟拔起的
石中劍，上帝應許
美麗如晶劍如虹
抵抗是唯美的允諾

撒麥長出花樹

百年前，遙遠的俄羅斯內戰，死去親人的遺族，慣於在墳堆撒下麥穗，既是疼惜遺骨飢餓，又餵以飛鳥，在啄食同時，飛鳥會帶來種籽。

雨雪霧露……春來，種籽萌芽如此悄然、安靜；夏天時，墳堆上突兀的一片繁花，挺立了一株昂然綠樹。

是多麼美麗和哀愁的追念啊！

時間逝水，親愛的，還記得我這還活著的人嗎？

百年後，近時的東方四月，冷冽的春祭，掃墓、焚香，祭拜祖先，方剛辭世的親人，蔓藤和野草，拔除、割去，不忍的且驚喜發現，怎麼墳堆上開著花，長出樹？

是啊，謝謝你還記得我。死去的靈魂欣然的回答；你，聽不見。

絕望就是救贖

未哭過長夜，不足以說人生。

彷彿青春在學校課堂上，恍惚之間聽到老教授引用西方先哲的這句話；忽然猛醒的我，幽幽地思索了久久。

被拒絕，也拒絕別人。成年後的職場、愛與恨、忠誠和背叛；本就沒有天堂，人間是地獄。小說家芥川龍之介不就凜然說過？

灰晦如死的青春，你用力自問：我做錯了什麼？四十年後的晚秋之你，喃喃自語的回答四十年前青春正好的自己，明晰了然已是遺憾。

絕望，是最好的拯救。

已故的小說家陳恆嘉，留下的諍言，自始我不曾忘記；救贖，多麼悲壯。

哈瑪星到旗津

最短的渡輪航程，有人帶上所謂：「毛孩子」的狗，竟端坐在嬰兒車上，不可思議的異象，那如同一卷棉花團的狗吠幾聲，我被驚嚇。

哈瑪星，多美麗的平埔族命名。

妹妹一樣的金曲歌后：黃妃和她先生帶我和妻子渡水從哈瑪星去旗津吃海鮮，行前還用心的為我妻子洗頭；可愛的黃妃，在高雄西藏路姊姊的美髮屋，不演唱時樂做洗髮妹。

凝視夜色。海港粼粼水光。

古稱：打狗，日本殖民時代命名：高雄。沿用至今，一九四九年亡命抵此的中國人不曾想到這些；我是感同身受，他們再也難回原鄉了，哀傷以及困惑，我懂得。

渡輪靠岸，黃妃說：吃海鮮啦！

名片手寫

忘了是哪一年東京旅次，拜訪近代日本文學出版社：岩波書店。沒買書竟買了名片盒，那空白的名片只見下方的浮世繪竟然是我最衷愛的：葛飾北齋的不朽名畫〈富嶽三十六景之神奈川沖浪裡〉，夢般山海多美麗。只見圖繪，三分之二留白，是要交出名片時，敬謹的手寫自己名字；那份端莊、慎重，是由衷的敬意。

珍惜，因之很少拿出這張手寫的名片。昔時職場工作如雪片般初識互換名片……誰記得你，你記得誰？

寫作人，不必名片吧？還是敬謹寫下名字及手機號碼，交給不能免俗的初識之人；以筆就紙，古老的雅意彷彿前生。

魔界轉生

有人問起：生與死如何定義？

我回答：不懂，這是大哉問。

研究所碩士生為之怔然，激烈反問我——老師，那您知悉什麼？我，沉默以對，還是要誠實回答——不知道。課堂間一陣譁然。

夢中，我厭於夢，其實最祈盼全然無思無憶的沉沉睡去……。

死後的宿願未了，死去百年的古靈魂猶帶怨念，難以幽然輪迴轉生。那信仰上帝、耶穌的群眾有幾人真正明白？夜更深了。

如似猶大背叛了耶穌。何以文學不渝半世紀？只要求取一次真切、純然的文學真相，妳一定了解。不屈服，不受辱，不妥協……

鬼之怨念，神之茫惑，這才是人的本相。

〈後記〉微小品，一葉書

請永遠做個詩人，即使是寫散文的時候。

——波特萊爾　一八二一～一八六七

如今是半世紀前的遙遠回憶了，臺北陽明山文化大學（彼時校名：文化學院）猶若無血緣的文學母親，詩人散文家胡品清教授寄給我志文版，翻譯的散文詩《巴黎的憂鬱》Le Spleen De Paris在扉頁上題著波特萊爾的一行文字；法文原譯者的她想是勉勵年方二十，初習文學以散文作題之我，在散文寫作裡，也要有詩的美麗。

此刻是半世紀後的倦眼回眸了，六十本著作，涵括多數散文，少量小說，稀微的詩集和漫畫……還是著重在幾達一生所思所想的散文專志，那是我手寫我心的虔真與純淨；少時的風花雪月，中年期的革命呼喊，晚秋歲月的歷史索引。六旬前夕以：「臺灣百年情書」無比壯闊意志，極力完成的長篇散文八則合一書的《遺事八帖》二〇一一年六月聯合文學初版。彷彿是自以為是的最後一本書……。

大散文以百年臺灣歷史作題，每則萬言的巨幅書寫，那時的確抱持著決絕地生命無常的悲願，似乎留下這本書，也許六十歲不久就因病發而猝逝，也就心甘情願了吧？怎知好死賴活的只是長年坐姿不良的書寫和閱讀，自然而然的，骨刺突生，猶若宿命般必然承受的：文字天譴。

大散文《遺事八帖》後小手記《歲時紀》的試筆實驗過後，安心的自許，就回返尋常的散文形式吧。往後自然自在的遂印行有鹿文化版《最美的是霧》，聯合文學版《夜梟》、《酒的遠方》。就在六十六歲生日前後，不諱言真的是老了，逐漸退潮於文學，總是樂觀其成於新世代文學人，創新如繁花怒放的大植物園；祝福年輕的好筆，自始祈盼。

文學交誼一生，我領悟各方的詭譎、造神、爭逐、幫派、師徒……。美麗的文學何以如此多端？孤獨不必憂鬱，一個人靜靜書寫最宜，不必像政客，虛與委蛇。

極短篇。應該來自於日本文豪：川端康成獨創的：「掌中小說」吧？臺灣的爾雅出版社發行人、作家隱地先生在八十年代，就實驗過以「極短篇」系列印行的小說集，非常清楚的延引：「掌中小說」的初時創意，也是致敬——川端康成。

一萬字說百年歷史，三百字寫生命感思，孰重孰輕？異中求同的文學塑造形式，好文字三言兩語，俗文學徒寫百萬字都不值得……中國：《紅樓夢》、俄國：《戰爭與和平》，再怎麼激勵自我，這兩本書還是翻讀幾頁，倦而掩卷，看不下去。

這虛幻的社會多的是，眾說紛云。

所謂：經典。讀不下去，棄之可也。

十二年前的橫式筆記本，一直靜默擱在書桌左側下方的隱密角落，靛青色封面都微現褐斑藻意；自問：那麼昔時，買兩本筆記冊所為何來？我決定拿來再寫字。

詩、小說、散文不分，純粹的寫字。

寫過散文一萬字的我，逐夜一杯酒後……還是未忘的拿起老式的派克鋼筆，水漬般鏽斑封面，內頁泛黃的紙上，寫著非常簡短的字句；我以：「微小品」名之，一頁書只容三百字，如何簡單卻壯麗江山？江山非政治語言，大山大水，天堂地獄皆能以文學修持方式，避免自我內在的「迷茫與紛擾」反思在靜和淨之間，無比虔誠的敬謹落筆，彷彿果真是最後一本書的心情了……從此決定不再文學將如何？

微小品之發想，必須要感謝：「爾雅書房」主人林貴真女士，拜讀她以極簡筆三百字左右的篇幅，追悼我們共同敬慕的作家沈臨彬（二〇一八年十月三十日聯合報副刊）；啟蒙我隨後的筆記本一頁一題的書寫，不分文體類別，散文、小說、短詩都好，定義——微小品，一葉書。

畫家詩人席慕蓉教授，則是近年來我在思考文字風格試圖尋求新意時，為我解惑、受益良多的貴人；不獨是文學，她給予繪畫的美感專業見識。向來就是以圖象索引文字的我，再一次重返四十年前熱切學畫時的年輕心情，不是顏彩而是文字。

這些極短的文字，就從二〇一八年十月逐日撰寫到隔年三月，反而閱讀時間比寫作還要長；再次溫習喜愛的芥川龍之介與魯迅，散文與小說合體的壯美，護持我一生。

力求簡筆的每頁一帖微小品，猶如一棵小樹的每一張葉片，在春暖、夏炙、秋涼、冬寒的日常，你我的心靈如此貼近。作者和讀者相與文學散步，悠閒的漫溯生命彷彿依稀的悲歡離合，誠是一期一會。

感謝：聯合、中時、自由、中華四報副刊以及聯合文學、鹽分地帶文學二誌賦予慷慨的發表；這是我的：《掌中集》。

二〇一九年九月二十三日　臺北大直

〈錄〉 浪漫的寫實散文家

向陽（臺北教育大學臺研所教授）

一

八月三十日早晨醒來，看到詩人鄭烱明兄臉書，發布了老友、詩人羊子喬已於凌晨病逝臺大醫院的訊息，驚聞噩耗，倍覺哀傷。曾是年輕時代就認識的文壇好友，又是曾在戒嚴年代的異議報館《自立晚報》一起工作的同事，遽然離開他所鍾愛的這塊土地，回想起當年在報館、在街頭、在鹽分地帶文藝營的同行的往事，既傷老友的離開，也不免懷念年輕時以文學、理念、工作相互鼓勵、打氣的情誼。

九月十日公祭那天，在第二殯儀館來了很多自立晚報的老同事，由我代表已然消失的報社率領同仁致悼，凝視子喬兄的遺照，不禁哽咽。公祭後，我與同來的林文義兄一起進入靈堂後的房間瞻仰子喬兄遺容，送他最後一程，祝禱他離病去疾，脫苦安息，這是身為老友最後能做的事了。

這一天，文義兄和我哀戚相對而無言，他與子喬兄都是崛起於一九七〇年代中期的文壇新銳。子喬兄寫詩寫散文，一九七四年由水芙蓉出版社出版散文集《太陽手記》，同年林文義也由光啟出版社推出散文集《歌是仲夏的翅膀》，兩人的散文出手不凡，都受到文壇和同齡文青的注目。只是後來羊子喬以詩人著稱，卻因生活壓力過大，詩和散文寫寫停停，最後抑鬱以終；林文義則專注於散文研磨，創作不歇，而於二〇一四年以散文成就榮獲吳三連獎、二〇一八年又獲《鹽分地帶文學》舉辦的「當代臺灣十大散文家」榮銜，在文學這條路上走出一片天。來送老友，想必他也與我一樣不捨。

送老友遠行後，我從辛亥路步行回位在和平東路的學校，雖然已入初秋，但仍然燠熱異常，陽光打過路樹葉隙，在人行道上織出了光影，聚散離合也許是人生常態，行者去矣，生者尚有一段路得走，我心中忽然閃現林文義在他的散文集《遺事八帖》中略似的感慨：

硫火的灼熱、冰雪的寒冷，似乎已是尋常世故的逐漸不以爲意了：半百過後的人生漫行，天堂和地獄猶若伊甸園和修羅場，悲歡離合之切身印證著月圓月缺的瞭然於心。——〈硫火之雪〉

二

時間回到一九八〇年代末期，在以政治新聞敢於突破執政者禁忌，副刊則強調本土、批判特色的自立晚報社。一九八八年報禁解除，二月，自立晚報社新創《自立早報》出刊，我由副刊主編被調任為晚報總編輯，早報總編輯則由陳國祥首任。此時的早、晚報朝氣蓬勃，來自各方的年輕記者、編輯群聚，甚是熱鬧，林文義就在早報創刊後的次月，進入報社政治經濟研究室擔任研究員。

彼時詩人杜文靖擔任晚報社會新聞組主任、羊子喬在出版部擔任企劃；此外，詩人劉克襄也由《中國時報》人間副刊進入報社，擔任早報副刊主編、詩人沈花末則接任晚報副刊主編。我們六人年齡相近，都是文學創作者，也都是舊識，在報館內自是相濡以沫，相知相惜。晚報最忙的時段在上午，中午出報後，往往相約聚餐，要不就是下午有空時到附近的咖啡廳聊天。那段時光，如今想來，青翠且綠意盎然。

林文義之所以進入報社，並非以散文而是以漫畫專長受聘，在進入政治經濟研究室前，一九八八年一月，林文義甫由駿馬出版社推出他的漫畫書《唐山渡海》，這是最早以漫畫介紹臺灣史的書。當時他寫了一封信給我，希望我出席這本書的新書發表會，信上說「這段日子我的散文幾乎全然擱置，都是漫畫，現實的為了謀生計。」身為好友，我當然義不容辭，前往金石堂站前店為他的漫畫敲邊鼓。林文義不知道，就因為這本漫畫他獲得了報社的延聘。

林文義進入報社時，與政治漫畫家魚夫、L.C.C.（羅慶忠）同室，工作就是供稿給早晚兩報使用，他們的政治漫畫備受讀者和政壇人物激賞，也為早晚兩報增加不少報份。越兩年後（一九九〇年）十月，因為沈花末離職，他終於以文學家的身分出任晚報副刊主編，圓了他編副刊的夢，也為進入九〇年代的臺灣本土文學傳播盡心付出不少。

林文義接編副刊，除了作家身分，事實上也緣於他早在一九八五年主編過《文學家》月刊，雖然這份刊物壽命不長（一九八五年十月創刊，次年五月停刊），他卻卯盡全力，用心編輯，開創了以文學家為主題的的雜誌新風。創刊號出版時，我在美國愛荷華，他特別寄來給我。出國前我就已知道他將負責編務，特別為他高興，十月中我接到他寄來的航空郵簡，告知我雜誌創刊號出版了，會寄給我，我收到時已是月底，在異國看到他編的《文學家》果然出手不凡，餵飽我的鄉思。十一月底離開愛荷華前夕，收到他第二封信：

「文學家」第二期出版了，專卷人物是蘇偉貞（市場取向），「文學的家園」是吳晟（我們的理想）……第三期專卷人物是劉克襄，「文學的家園」是吳念眞，總算逐漸符合我們的理想。當時，你赴美之前，極力鼓勵我一定要接編「文學家」，你的鼓勵也給了我許多的信念與啓示，想到你在「自立副刊」所展現的精神，那種屬於我們臺灣這塊土地的，你都做到了。

多年後的今天，重看當年林文義寫給我的這封信，看到他兩次寫道「我們的理想」，不盡莞爾。他接編自立晚報副刊，大概也是因為抱有這股「屬於我們臺灣這塊土地」的「我們的理想」吧。

當年在自立，在我之前負責副刊編務的杜文靖，慢我進入報社服務於出版部的羊子喬，以及先後主編早晚報副刊的劉克襄、沈花末……，不也都是為了這樣的「我們的理想」的嗎？

三

但漫畫創作和編輯工作畢竟不是林文義的最愛，散文才是他唯一的忠誠。

自立報系每年八月協助鹽分地帶文友舉辦鹽分地帶文藝營，杜文靖和羊子喬每年參與，副刊主編也要協力宣傳、報名、課務工作，以南鯤鯓廟為核心的鹽分地帶文藝營就成了我們這群報社作家共同的回憶。一九九四年九月，自立報系易手經營後，我們也各自分飛，羊子喬進入立委彭百顯辦公室擔任主任，次年林文義也進入施明德辦公室擔任主任，四年之後才辭去工作，專事寫作。

林文義的散文生命如細水，卻長流。在《遺事八帖》中他有諸多片段敘說了他寫作以來的各階段心境。其中有無業或失業的傷痛，也有因為自立關門後進入政界、參加電視臺叩應節目的憤怒與無奈——千折萬轉，最後還是回到他最專注的文學志業。自立那幾年中大概是他最快樂也最安定的日子，而專事寫作後近二十年則是他的散文進入巔峰的時期。

以《歌是仲夏的翅膀》崛起的青年林文義，一如他自己所說，第一階段的散文「大多是吟風弄月而少社會關懷」；一九八〇年他以〈千手觀音〉獲得第二屆時報文學獎散文優等獎，漸趨成熟，通過旅行和參與民主運動，觸探臺灣社會與土地，散文集如《千手觀音》、《寂靜的航道》、《撫琴人》、《島嶼之夢》、《銀色鐵蒺藜》等，都深受讀者喜愛，「生命既是華麗，也是蕭索」，「人民、土地遂成為此後的散文主題」；到了進入自立晚報的階段，則是「最適意、抒放的歲月」，「逐漸回到內心的深邃挖掘」，儘管如此，他還是寫了《家園・福爾摩沙》、《關於一座島嶼》、《母親的河——淡水河記事》等與土地相關的作品。

我讀他的散文，從年輕到年老，發現浪漫、傷感、憐艾，一直貫串於他的不同時期作品中，儼然主調，在他獲得高度評價的《遺事八帖》之中，這個特質依然頑強地抓攫著字裡行間的骨架，一如日常中我所熟悉的老友本人，他真是個徹徹底底的浪漫主義者。

但是，由於鄉土文學論戰、美麗島事件以及其後黨外運動的洶湧，促發了他對生身的土地的省視、對社會與底層的關注，以及對臺灣歷史的爬梳，讓他成為本土文化的實踐者和書寫者。從一九八〇年代之後，他的散文就開始填注有血有肉的內涵，浪漫的、某種程度節制的哀愁，讓這類堅實的寫實作品爆發新生命，並形成獨特的、迷人的語風，在他的散文中發亮發光，而這正是出版於二〇一一年的《遺事八帖》最最動人之處。用白話來說，他是一個浪漫的寫實散文家。

四

我與林文義相識甚早，我們同一年獲得時報文學獎，當時邀他加入《陽光小集》，請他繪製詼諧幽默的詩壇評論漫畫，作為詩刊的重要賣點之一，他擅長以簡易之筆勾描詩壇怪現象，每能讓讀者噴飯。當時的他，是詩社不寫詩的同仁，想不到中年後他也開始提筆寫詩，還出版了《玫瑰十四行》、《旅人與戀人》這些充滿浪漫氛圍的詩集。

進入自立晚報之前，他以漫畫繪臺灣史，之後則用以評論政治，諷刺政客，也深獲歡迎；一九九〇年他跨足小說創作，由自立晚報出版他的第一本短篇小說集《鮭魚的故鄉》，一九九九年後也寫了多部長篇小說，先在副刊連載，後再出版，如《北風之南》、《藍眼睛》、《流旅》

等——但比較起來，他的散文更具特色，也更為深沉。一如吳三連獎頒給他的得獎評定書所述：

林文義的散文語言獨樹一格。文字的華麗與蕭索、纖柔與剛毅，筆觸的輕盈爽朗與沉鬱蒼茫，語氣的濃稠纏綿與平淡指點，心情的熱切與憂傷，訴求的公共議題與私己情事，諸如此類相異的特色或氣質，在林文義的散文作品裡，經常交相映陳，而貫穿其中的則是林文義自稱的「眞情實意」與「浪漫抒情」，並且因而流露出令眾多讀者深爲著迷的文體風格。近作《遺事八帖》的備受文壇矚目，即是這些特質的精進展現。

當年在自立晚報一起奮鬥的文友，詩人杜文靖早於二〇一〇年三月九日辭世，如今羊子喬也走了。那段為了「我們的理想」昂揚奮起的年代已逐漸遠離我們。子夜燈下，找出林文義當年寫給我的批信，追憶相知相惜的時光，也向我與文義兄共同的故友敬表追思。

——原載於《文訊》，四〇八期，二〇一九年十月一日，頁一一一——一一六。

林文義創作年表

二〇〇〇年三月，聯合文學印行《手記描寫一種情色》。埋首十個短篇小說創作。五月，應楊盛先生之邀主持旅行、歷史電視節目「臺灣之旅」，霹靂電視臺播映。七月，九歌出版社印行一九八〇～一九九〇年散文精選集《蕭索與華麗》。七月三十一日，《北風之南》小說開始在《自由時報》副刊連載，至十一月二十八日刊完。美國《公論報》隨後刊登。

二〇〇一年五月，聯合文學印行短篇小說集《革命家的夜間生活》。七月，應東森聯播（ETFM）之邀，主持廣播節目「新聞隨身聽」。九月《從淡水河出發》華文網重排出版。

二〇〇二年一月，寶瓶文化印行旅行散文集《北緯23.5度》。六月，聯合文學印行長篇小說《北風之南》。六、七月，長篇小說《藍眼睛》開始在《中央日報》副刊、美國《世界日報》小說版連載。八月，《革命家的夜間生活》獲金鼎獎文學類優良圖書推薦。九月，《多雨的海岸》華成文化重排出版。

二○○三年二月，印刻文學印行長篇小說《藍眼睛》。應小說家汪笨湖之邀，與歌手黃妃主持年代電視MUCH臺「臺灣鐵支路」。四月，九歌出版社印行《茱麗葉的指環》。七月書寫長篇小說《流旅》，十一月十一日完稿，計七萬字。

二○○四年埋首於十七個短篇小說，亦撰散文。十月，應小說家東年之邀，為其主舵之《歷史月刊》重拾遠疏十七年漫畫之筆，編繪《逆風之島》，以臺灣歷史作題。

二○○五年二月，漫畫《逆風之島》逐期連載於《歷史月刊》。印刻文學印行二〇〇二～二〇〇三手記集《時間歸零》，水瓶鯨魚封面、內頁插畫。《流旅》小說，美國《世界日報》連載、《中央日報》摘刊。四月，日本京都回來，開始情詩系列書寫。七月，印刻文學印行長篇小說《流旅》。

二〇〇六年五月，印刻文學印行《幸福在他方》。

二〇〇七年應九歌出版社之邀，主編《九十六年散文選》。十月，博客來網路書店印行短篇小說集《妳的威尼斯》。爾雅出版社印行詩集《旅人與戀人》。

二〇〇八年五月，為歌手賴佩霞專輯《愛的嘉年華》（福茂唱片）撰歌詞：〈詠嘆，櫻花雨〉。十二月，應詩人白靈邀約，首次參與在中國黃山舉行之「兩岸詩會」。與老友李昂、劉克襄受信義房屋委託，合著《上好一村》天下文化印行。

二〇〇九年二月，聯合文學印行《迷走尋路》。人間福報副刊專欄「靜謐生活」。五月，中華副刊專欄「邊境之書」。十月，應小說家履彊之邀，擔任內政部營建署「國家公園文學之旅」影集外景主持人。

二〇一〇年一月，聯合文學印行《邊境之書》。十一月，爾雅出版社印行《歡愛》。允為文學四十年紀念雙集。

二〇一一年五月，參與臺灣文學館「百年小說研討會」。六月，聯合文學印行《遺事八帖》。

二〇一二年七月，東村出版重印短篇小說集《鮭魚的故鄉》。十一月，《遺事八帖》獲臺灣文學獎圖書類散文金典獎。

二〇一三年一月，參與吳米森導演的《很久沒有敬我了妳》電影演出。五月，獲中國文藝協會散文獎章。七月，聯合文學印行詩集《顏色的抵抗》。《遺事八帖》簡體字版由北京長安出版社在大陸印行。

二〇一四年一月，聯合文學印行手記集《歲時紀》搭配詩人李進文攝影。十月，參與吳米森導演《起來》電影演出。十一月，獲第三十七屆吳三連獎散文類文學獎。

二〇一五年一月，聯經出版公司印行臺灣歷史漫畫集《逆風之島》。二月，九歌出版社印行一九八〇～二〇一〇散文自選集《三十年半人馬》，詩人席慕蓉封面配圖。應邀擔任宜蘭駐縣作家。七月，有鹿文化印行《最美的是霧》搭配曾郁雯攝影。十月，《木刻猴子》散文選簡體字版由杭州浙江文藝出版社在大陸印行。十二月，宜蘭文化局印行《宜蘭寫真》搭配曾郁雯攝影。

二〇一六年四月，赴日本東京參與吳米森導演之公視文學紀錄片《再見原鄉》訪談。六月，聯合文學印行《夜梟》搭配何華仁版畫。

二〇一八年二月，爾雅出版社印行《二〇一七／林文義——私語錄》日記書。三月，列名《鹽分地帶文學》雙月刊評選：「一九九七～二〇一七當代臺灣十大散文家」。五月，聯合文學印行《酒的遠方》。

二〇一九年八月，《酒的遠方》獲金鼎獎文學類優良圖書推薦。十月，時報文化出版公司印行《掌中集》。

新人間292

掌中集：微小品・一葉書

作　者—林文義
主　編—李國祥
董事長—趙政岷
出版者—時報文化出版企業股份有限公司
10803台北市和平西路三段二四〇號三樓
發行專線—（〇二）二三〇六—六八四二
讀者服務專線—〇八〇〇—二三一—七〇五
（〇二）二三〇四—七一〇三
讀者服務傳真—（〇二）二三〇四—六八五八
郵撥—一九三四四七二四時報文化出版公司
信箱—臺北郵政七九～九九信箱
時報悅讀網—http://www.readingtimes.com.tw
電子郵箱—genre@readingtimes.com.tw
法律顧問—理律法律事務所　陳長文律師、李念祖律師
印　刷—勁達印刷有限公司
初版一刷—二〇一九年十月二十五日
定價—新臺幣三〇〇元

時報文化出版公司成立於一九七五年，
並於一九九九年股票上櫃公開發行，於二〇〇八年脫離中時集團非屬旺中，
以「尊重智慧與創意的文化事業」為信念。

掌中集：微小品．一葉書 / 林文義著. -- 初版. -- 臺北市：時報文化, 2019.10
面；　公分. --（新人間；292）
ISBN 978-957-13-7999-9(平裝)

863.55　　108017063

ISBN 978-957-13-7999-9
Printed in Taiwan